教育本心

精致教育诗文选

林华庆 著

暨南大学出版社
JINAN UNIVERSITY PRESS

中国·广州

图书在版编目（CIP）数据

教育本心：精致教育诗文选/林华庆著. —广州：暨南大学出版社，2022.6
ISBN 978 - 7 - 5668 - 3399 - 0

Ⅰ.①教… Ⅱ.①林… Ⅲ.①诗词—作品集—中国—当代②对联—作品集—中国—当代 Ⅳ.①I217.2

中国版本图书馆 CIP 数据核字（2022）第 068638 号

教育本心：精致教育诗文选
JIAOYU BENXIN：JINGZHI JIAOYU SHIWENXUAN
著　者：林华庆

∙∙

出 版 人：张晋升
责任编辑：高　婷　彭琳惠
责任校对：周玉宏　张馨予
责任印制：周一丹　郑玉婷

出版发行：暨南大学出版社（511443）
电　　话：总编室（8620）37332601
　　　　　营销部（8620）37332680　37332681　37332682　37332683
传　　真：（8620）37332660（办公室）　37332684（营销部）
网　　址：http：//www.jnupress.com
排　　版：广州良弓广告有限公司
印　　刷：佛山市浩文彩色印刷有限公司
开　　本：787mm×960mm　1/16
印　　张：10.25
字　　数：190 千
版　　次：2022 年 6 月第 1 版
印　　次：2022 年 6 月第 1 次
定　　价：42.00 元

序

2022 年新春之际，接到林华庆校长的电话，他说把自己近年来写的诗、词、联、文做了一个整理，准备编成诗文集，以推动诗词文化进校园，兼有初步凝练自己的教育思想，抒发教育情怀，进一步推广"精致教育"理念的想法，让我在前面写几句话。我欣然应允。

中华文化历史源远流长，其中古典诗词文化更是精美绝伦，堪称我们民族文化的瑰宝。诗词进校园不是新鲜话题，已成为社会共识。党的十八大以来就倡导学习传统文化、弘扬传统文化，央视更是在 2016 年新春伊始推出《中国诗词大会》这一栏目；新的《语文课程标准》要求培养"具有良好人文素养的现代公民，认识中华文化的丰厚博大，汲取民族文化智慧"；"理解并传承文化，弘扬民族精神"才能最终提升语文核心素养。

早在 2017 年，湛江二中（总校）就成立了粤西第一家学校诗社——"湛江二中诗社"，这是湛江诗社直属分社和岭南诗社湛江传习基地。林华庆校长是湛江二中诗社、湛江诗社、广东省楹联协会和岭南诗社的成员，同时也是湛江市诗词楹联研究会监事长。作为一名校长，他日常工作繁忙，也非语文科班出身（林校长是学生物的），但这些都不影响他对中华古典文化的兴趣，闲暇之余他常常吟哦运笔，集腋成裘。这次编选其近两年撰写的诗、词、联 150 首（副）、文 25 篇作为其第二辑（第一辑《精致教育情怀》已于 2020 年 7 月由暨南大学出版社出版）。

古语云：诗言志，词言情，联传意，文如人。林校长以诗、词、联、文抒发自己的情怀。

首先是他的教育情怀。林校长是一位教育人，他有着浓厚的教育情怀，"宜将心血培梁栋，莫让韶光化紫烟"是他朴素的追求。这个主题的诗词联在所选诗词联中数量是最多的。这些诗词联体现了他对教育的执着追求，对学校的满腔热爱，对莘莘学子的谆谆教导，对教育同人的殷殷期待。

教育从来不是一条平坦的路。"逐梦少年须谨记，古来圆愿苦先偿"（《莫负春天》）。为探寻教育教学的有效途径，弘扬二中"上善若水"的育人理念，林校长与同人们创建了"精致教育"育人体系。正如"初心使命当牢记，教育春天写大章!"（教育部校长优研班培训感悟），尽显"育苗精致花开艳，为党培才责在肩。'三项六阶'扬美德，'三环五步'显能贤"的情怀（《"精致教育"情怀》）。林校长并没有故步自封，而是虚心求学，不断丰富自己的办学思想。"天命之年当益壮，创新时代弄潮忙。生逢盛世谁言老? 花甲求知赶早阳"（《名校长培训感怀》）、"五育兼融弘德先，同研共进育才贤。初心使命当牢记，示范传承贵笃专"（《寄语入室跟岗校长》）等诗表达的就是这种虚心求学、为党育人的热忱。

其次是他的二中情怀。学校是教育者的舞台。林校长自参加工作起就在湛江二中，扎根一个学校三十多年，自然有了深深的二中情怀。"二中情"洋溢在他的笔端。"金秋母校高朋满，喜庆二中学子欢。湖畔聚贤亭矗立，师生同表赤心乾"（《贺聚贤亭落成》）。聚贤亭是继从容亭、人和亭、上善亭、高贤桥、学川、百舸广场等建成的二中校园新景，在林校长笔下诗意盎然。

对学生的关爱更体现教者仁心。中考、高考是师生关注的焦点，林校长更是不忘对学生的细心指导。有对备考方法的点拨："实现高标凭奋斗，提升效率戒心浮。课堂明道专为径，题海畅游勤作舟。"（《备考动员会》）有对学习态度的勉励："美好前程奋斗求，雄鹰展翅飞霄九。"（《地生备考互勉》）有对学子未来的拳拳期待："心无旁骛求高效，六月争锋作凤麟。"（《百日冲刺》）

当然，林校长也不忘对教育同人的肯定与期待。"自强学子天行健，崇德文坛地势坤"（《开年寄语》），"莫由韶景空飞度，精彩人生握手中"（《启新程·初三毕业礼致辞》)，这是对学子的励志；"今日与君歌一首，有缘同作港城人"（《有缘同作港城人》），"春耕赶早，港二校园忙备考。师者情真，三尺平台甘守贫。桃红李熟，当是园丁心血育。光耀黄门，多半功归巾帼人"（《减字木兰花·致敬女同事》)，体现的是同事间的相互欣赏。林校长的细心与关怀，让师生在紧张的备考之余多了一份浪漫与诗意。

然后是他的家国情怀。"家是最小国，国是千万家"，家国情怀是教育的根本，是孩子成长的灯塔，也是林校长在诗中着力书写的内容，它体现在对亲人朋友的眷恋、对故乡祖国的赞美两个方面。

孝道，是东方灿烂的文化遗产，是儒家乃至整个中华民族伦理道德观念里

最核心的部分。《论语·学而》曰："孝悌也者，其为仁之本欤。"意思是孝顺父母、友爱兄弟是一切道德的基础。自古父母育儿，儿孝父母，这是一种人性的传递。就因为有了这种美德，才让人的一生有了温暖，有了感动。"不应留恨，回馈养育莫须闲"，"情真言无表，泪已枕边延"（《水调歌头·百善孝为先》）谁言寸草心，报得三春晖！然而，人生往往是"忽若听闻山细语，遥邀后辈定归期"（《春暖定归期》），"春芽未解离情苦，却把啼痕润草茵"（《清明节悼故亲》），留下的是无可弥补的伤痛与永久的思念。

对故乡的怀念是人类普遍共有的一种永恒情感。故乡的一草一木，故人的一颦一笑，一个画面，抑或一个场景，时常会在某个落日的黄昏，或某个不经意的时刻浮现在你的脑海里，醇厚而绵长。"幽山流水远，绿柳衬青空。蝶舞恋花蕊，虫声潜梦中"（《梦回山村》），"入夜星光，洒落屋檐上"（《一斛珠·思乡》）。看，多美的景致，多美的人情，怎能不令游子魂牵梦绕！

家国情怀的本质是天下情怀，心系苍生。这就不难理解林校长的笔下有许多对故乡人民美好生活的祝愿，对祖国日新月异的讴歌。"南国风光数湛江。一湾两岸好文章""通高铁，建机场。巨型项目竣工忙"（《鹧鸪天·今日湛江》），家乡在变；"子夜神舟飞夜空，航天英杰赴天宫"（《"神十三"载人赴天宫》），祖国在变；"江山代有才人出，振兴中华报国衷"（《鹧鸪天·北京冬奥风》），强国梦一定能实现。林校长始终不忘作为一名普通党员在民族复兴路上的责任，"书记授牌责在肩，'三名'使命育才贤。同研共进先弘德，示范传承贵笃专。宏图定，鼓声喧。扬帆竞渡奋争先。宜将心血培梁栋，莫让韶光化紫烟"（《鹧鸪天·"三名"工作室授牌有感》）；尤其关心时政，"冠毒袭来灾难急，南山奋勇解危时"（《钟南山赞》），"斩魑魅，驱魔雾，复春回"（《浣溪沙·驱毒回春》）更是发时代之心声。

除了思想性，诗作的艺术性也很值得称道。诗、词、对联，不同的格律，不同的词牌，林校长都擅长。作为一个初入门的诗词爱好者，这本身就是一件了不起的事。而且，不少诗句写得极富神韵，令人心有戚戚，产生共鸣。"凉风拂动飘秋叶，惊起湖边三两鸥"（《家乡秋景》），这些诗句写得质朴、细腻、传神。

写格律诗词，对于初学者来说，是一道难关。但是林校长能迎难而上。作为"湛江市诗词楹联传承基地"的主持人，他带头学习和创作格律诗词，在平平仄仄中激发师生对古诗词的兴趣，让他们认识到传承民族文化的责任和意

义，"风吹马尾千条线；雪掩梅梢一点红"（《试对古代春联》）。学校先后被评为广东省首批"优秀传统文化传承学校"和"全国中小学优秀传统文化传承学校"。从这一点上说，林校长无疑给我们做了一个很好的示范。

宋朝苏轼《答张文潜书》曰"其为人深不愿人知之，其文如其为人"，此诗文集收录了林校长近年来的讲话、报告、文章二十多篇，无论是谈学校管理、师生指导，还是论教育思想、方法创新，都体现了其管理理念的全面性、教育思想的时代性，都闪耀着作为教育者的情怀与智慧，充分彰显了林校长作为新时代名校长之风采，让人深受启发。

特别是林校长在三十多年教育一线探索与实践的基础上，不断求实和创新，逐步凝练出有自己特色的教育思想，指导创建了"精致教育"全面育人体系。作为湛江市首届和新一届"名校长工作室主持人"，他建立了"林华庆名校长工作室"，通过"师带徒"的方式培养了大批学员校长，得以将"精致教育"办学思想和理念向广大学校推广，发挥了示范引领作用。本诗文集堪资广大同行以师以范。

落笔之际，我还在与亲人们一起徜徉在新春的温馨之中。能读到林校长的诗词文集，该是我们新年收到的最好的礼物吧！

是为序。

田飞虎

2022 年 2 月

目 录
contents

目 录

教育本心

教育本心

上编

鹧鸪天·"三名"工作室授牌有感

教育本心

　　书记授牌责在肩，"三名"使命育才贤。同研共进先弘德，示范传承贵笃专。

　　宏图定，鼓声喧。扬帆竞渡奋争先。宜将心血培梁栋，莫让韶光化紫烟。

　　注："三名"指名校长、名教师、名班主任工作室。2021年9月，诗人再度获授牌湛江市新一轮"名校长工作室主持人"，有感而作。

备考动员会

寒窗数载苦来修，今日师生立大猷。
实现高标凭奋斗，提升效率戒心浮。
课堂明道专为径，题海畅游勤作舟。
精彩人生源自信，攻坚数月拔头筹。

　　注：猷，指计划、谋划。诗人为2021年中考、高考百日冲刺大会而作。

贺叶嘉莹先生荣获
"感动中国 2020 年度人物"

又见文坛诗圣影，传承国粹写芳馨。
先生大雅九州照，感动骚人誉满屏。

注： 叶嘉莹（1924 年 7 月 2 日—　），号迦陵，出生于北京，蒙古族人，毕业于辅仁大学，中国古典文学研究专家，"迦陵基金"创立者，加拿大皇家学会院士。她专攻古典文学方向，代表性的学术著作有《迦陵论词丛稿》《迦陵论诗丛稿》等，曾获"影响世界华人大奖"终身成就奖、入选改革开放 40 周年最具影响力的外国专家名单。2021 年 2 月 17 日，她被评为"感动中国 2020 年度人物"。

感动的手

先生大爱守穷乡，病手残躯立范光。
千百孤儿呼义母，师魂感动对天罡。

注： 天罡，北斗七星之柄。诗人为"时代楷模"和"2020 感动中国十大人物"张桂梅校长而作。

人生最美育才优

港城学子精神抖，不负青春素养修。

唯愿师生常互勉，人生最美育才优。

注：诗人为毕业班师生备考总结大会而作。

题擎雷书院

翰林文化擎雷继；

书院雅风南国传。

注：擎雷书院，是雷州市为挖掘、传承、弘扬和发展雷州文化，兴建的文化研究、学术交流和人文提升的重要平台。该书院位于历史文化名城雷州，处于雷阳湖东侧，占地60余亩，乃一人文荟萃之所。擎雷书院第一期工程于2021年8月竣工。特拟联以资。

题三十二中

黉门有道，择善从贤，启智引思培梁栋；
社稷存名，敦行致远，求真开慧育英才。

注：应谢汉明校长之邀，诗人为新校湛江市第三十二中学"一训三风"之要义作联。

咏岳麓书院

岳麓山幽书院昌，朱张会讲理名扬。
沧桑犹显源流远，千载传承文脉光。

注：1167 年，曾任白鹿洞书院洞主的南宋著名理学家、哲学家朱熹到访岳麓书院，与主教张栻论学，即著名的"朱张会讲"。此次论学推动了宋代理学以及中国古代哲学的发展。

袁隆平、吴孟超院士永垂不朽

惊闻星斗陨，疾首痛心揪。
国士功勋卓，民生毕力求。
袁公乘鹤去，吴老术刀休。
农学来人继，医科同道谋。
梦圆当有日，百姓忆鸿猷。

注：2021年5月22日，诗人惊悉袁隆平、吴孟超两位院士逝世：一日别双星，"身范"后来人。

哀悼袁公

袁公骤去悲风恸，世界人民失伟雄。
温饱恩光天地厚，万年铭记圣贤功。

注：袁隆平，一个属于中国，也属于世界的名字，他发起的"第二次绿色革命"给人类带来了福音。2021年5月22日"杂交水稻之父"袁隆平院士逝世。诗人永铭袁隆平先生为祖国做出的卓越贡献，学习他的崇高精神。

鹧鸪天·端午雨中悼屈原

　　一曲离骚传古风。追思屈子九州同。鼓锣声震驱河鬼，米粽香飘慰楚公。

　　情怀厚，胆心红。赤忠报国后人恭。华光照耀三千载，感动云天寄雨中。

　　注： 2021 年端午节雨中赛龙舟，念及屈原公之情怀，词人有感而作。

忆秦娥·端午寄怀

　　端阳恭。离骚一曲悠苍穹。悠苍穹。时移境异，源远文通。

　　黉门学子情怀浓。图强发愤求真功。求真功。雄鹰展翅，报国精忠！

　　注： 端阳，即端午节，为每年农历五月初五，又称端阳节、午日节、五月节、龙舟节、浴兰节等，是流行于中国以及汉字文化圈诸国的传统文化节日。黉门，学宫之门，借指学宫、学校。端午节临近高考、中考，词人寄语学子发愤图强当展翅，情怀永葆报国恩。

春暖定归期

每逢春暖踏青时，乡野黄花挂满枝。
忽若听闻山细语，遥邀后辈定归期。

注： 清明节是中国传统节日之一，也称寒食节、踏青节。清明节大约始于周代，已有两千多年的历史。清明节是春光明媚、草木吐绿的时节，因此古人们常在清明踏青，并开展祭祖和扫墓的活动。

临江仙·线上备考

万物复苏春来了，芬芳桃李红棉。钉钉线上共时艰。白衣战魅影，学子志弥坚。

无惧灾疫忙备考，师生携手联肩。宅家不改奋争先。今天同约定，秋后聚高贤。

注： 白衣，指白衣战士，借指奋战在抗疫一线的医护人员。庚子年春，一场突如其来的新冠肺炎疫情席卷而来，停工、停学近三个月，其间教师利用钉钉平台，坚持网上教学。在白衣战魅影之时，师生宅家不改奋争先，携手联肩忙备考，也成了一道亮丽的风景。谨以此词记之。

"天问"访火星随想

"天问"寻幽喜讯盈，火星秘境影全呈。
从今浩瀚不言远，造访苍穹指日行。

注：2020 年 7 月 23 日 12 时 41 分，诗人喜闻火星探测器"天问一号"在海南文昌航天发射场由长征五号遥四运载火箭成功发射升空。"天问一号"将一次性完成"绕、落、巡"三大任务，预计在 7 个月后的 2021 年 2 月抵达火星。

上编

"祝融"号成功着陆火星

"天问"求真访瀚宇，"祝融"踏足火星土。
苍穹浩渺惑迷开，霄汉序章中国谱。

注：2021 年 5 月 15 日，"天问一号"火星探测器在经过了长达 9 分钟"狂暴之路"的考验后，成功着陆于火星乌托邦平原南部预选着陆区。随着火星车"祝融"传回第一张中国自己的火星地表图像，中国首次火星探测任务取得了圆满成功。

赏花勿忘英雄功

风铃盛放挂繁枝，举国郊游赏景时。
何故今年花更艳？英雄抗疫写传奇。

注： 经过了一年多的有效疫情防控，2021 年的"五一"假期旅游人次已经超过了疫前同期水平。适逢风铃花盛放，诗人有感而作。

减字木兰花·致敬女同事

春耕赶早，港二校园忙备考。师者情真，三尺平台甘守贫。
桃红李熟，当是园丁心血育。光耀黉门，多半功归巾帼人。

注： 减字木兰花，词牌名。在二中港城，女教师成为学校主力军，特别是在班主任等重要岗位和在为学校发展做出贡献方面，女教师人数约占三分之二。诗人有感而作。

浣溪沙·驱毒回春

庚子新春冠毒随。疫情惊骇似魔飞。庶民居宅救时危。
医护逆行真汉子，三军驰援显英姿。斩魍魉，驱魇雾，
复春回。

注：庚子年（2020）春，新冠肺炎疫情牵动同胞心，全国医务人员不计得失，不问生死，驰援武汉。他们当中，有84岁的钟南山、73岁的李兰娟，有为了方便穿隔离服剪掉一头秀发的单霞……他们奋不顾身地战斗在救治救护第一线。而人民军队的军人们——真正的战斗英雄，他们在全方位支援地方抗疫。同时诗人也致敬了响应国家号令，居守家中，不外出，不聚会，不拜亲访友，不给病毒传播机会，不给国家阻击病毒疫情添乱的广大人民群众。词尾三句词表达诗人对抗疫必胜的信心。魍魉，犹魑魅，古谓能害人的山泽之神怪，亦泛指鬼怪，借指坏人或邪恶的东西。魇，本义指梦中遇可怕的事而呻吟、惊叫；魇雾，借指新冠病毒。词人填词以记。

一斛珠·思乡

山溪流淌，天清气朗和风畅。地灵人杰亲情漾。田野
花香，故土添念想。
鸟声起伏蛙伴唱，蜜蜂漫舞嗡嗡响。分明昨天儿时样。
入夜星光，洒落屋檐上。

注：时光流转，乡情不减，忆起儿时，仿如昨天。词人有感而作。

莫负春天

新春桃李吐芬芳，早起蜜蜂花海忙。
逐梦少年须谨记，古来圆愿苦先偿。

注：诗人为 2021 年全校春季开学典礼而作。

太平镇半日游记

长桥架碧天，红树茂无边。
浪急风帆满，翔鸥伴客船。

注：长桥，指通明海特大桥。2021 年 12 月 31 日，历时 5 年建设的广东湛江东雷高速通明海特大桥建成通车，打通了东海岛西南方向的海上通道，大大缩短东海岛与雷州、奋勇高新区之间的交通时间。东雷高速公路是广东省高速公路重点建设项目之一，也是湛江市"三环四通"大交通格局"湾区外环"的重要一段和组成部分。通明海特大桥是东雷高速的控制线工程，总长约 7 公里，建成后为粤西地区第一长跨海大桥，对推动东海岛钢铁、炼化等重大项目发展，促进东海岛、雷州市、奋勇高新区协调发展，加快湛江经济高质量发展有重大意义。东雷高速公路恰好穿越海岸面积达 160 亩的红树林湿地保护区，该保护区是每年秋冬候鸟南飞的重要栖息繁衍地。为最大限度地保护海岸线上的原生态红树林，工程师选择了让大桥绕道的方案，大桥以 S 形路线连接西岸，形成一条唯美的曲线。

六一儿童节有感

近年六一咏儿童，无奈天真难觅踪。

补课争先轻活动，不强素养怎成龙？

注："内卷"这个词在 2020 年很火，入选了《咬文嚼字》2020 年十大流行语。学业竞争首当其冲，内卷之下，负累加重，效益低下，如不改变，怎能发展学生核心素养？诗人在"六一"儿童节有感而作。

鹧鸪天·今日湛江

南国风光数湛江。一湾两岸好文章。碧波荡漾风帆疾，绿影婆娑白鹭翔。

通高铁，建机场。巨型项目竣工忙。广东发展新支点，西粤腾飞已起航。

注：巨型项目，指湛江宝钢、中科炼化等大型项目。2018 年，广东省政府发布了《广东省沿海经济带综合发展规划（2017—2030 年)》的中期规划，确定把湛江市作为广东省域副中心城市，解决地区发展不平衡、不充分的问题。

钟南山赞

冠毒袭来灾难急，南山奋勇解危时。
联防控治崇科学，抗疫除魔世界师。

注：世界疫情日趋复杂。此生有幸生华夏，华夏人民赞南山。诗人有感而作。

腊八近新春

寒冬腊八近新春，鼠去牛来开泰辰。
深海探幽惊世界，九天揽月盖天神。
疫情管控战功卓，经济腾飞捷报频。
建党百年强国立，讴歌诸业立勋人。

注：子鼠年，中华大地遭遇疫情侵袭，民痛国殇。在中国共产党的带领下，全国各族人民进行了一场惊心动魄的抗疫大战。在这场同严重疫情的殊死较量中，中华民族以敢于斗争、敢于胜利的大无畏气概，铸就了生命至上、举国同心、舍生忘死、尊重科学、命运与共的伟大抗疫精神。中国人民风雨同舟、众志成城，构筑起疫情防控的坚固防线；广大医务人员白衣为甲、"逆行"出征，舍生忘死，挽救生命。各季度GDP增速呈现V形反转，其中第一季度同比下降6.8%，第二季度增长3.2%，第三季度增长4.9%，第四季度增长6.5%。GDP总量首次突破100万亿元，成为当年全球主要经济体中为数不多实现GDP正增长的国家，实属不易。鼠去牛来之际，诗人作诗以志。

重阳追思

季秋九九又重阳，念及故亲心感伤。
辛苦一生谋教育，浮光流逝入玄黄。
如今追缅泰恩泽，须待融和煜瑞昌。
姊妹连襟携起手，奋然上进慰高堂。

注：故亲，这里指已故的岳父、岳母。辛丑重阳，诗人携妻儿汇合姐妹连襟前往狮子岭陵园追思缅怀，作诗以志。

记省楹联学会换届

楹联盛会群英萃，换届文坛喜讯传。
学长名流才德厚，簧门隽永彻云天。

注：广东楹联学会是广东省文联主管的社会文化团体，成立于1985年，现有会员2 100余人。2020年11月20日至21日，广东楹联学会第六次会员代表大会在佛山市南海区西樵镇隆重举行。此次大会选举产生了以曾建国为新一届会长的17人新班子，成立以原会长邹继海为主任的4人顾问委员会，任命、聘任、奖励一批学会人员。中国楹联学会顾问委员会主任蒋有泉、会长李培隽，广东省老领导邓维龙，王兆林等到会指导。

贺杨耀明校长当选省楹联学会副会长

星光闪耀，楹社换届情怀继；
气象分明，杏坛迎新事业承。

注：2020 年 11 月 20 日至 21 日，在广东楹联学会第六次会员代表大会上，湛江二中总校校长、湛江市诗词楹联研究会会长杨耀明先生当选新一届广东楹联学会副会长。诗人以"耀明""继承"嵌字入联以记之。

步韵邹继海先生《六代会卸任有感》

掌舵联坛十数年，德高望重艺才专。
深耕不辍写佳句，谈笑风生解雅篇。
不忘担当培后继，甘心奉献育英贤。
穗城学界尊邹老，文化传承美善延。

注：邹继海，楹联界最高奖项"梁章钜"奖获得者、中国楹联学会原副会长、岭南楹联学会原会长，2021 年广东楹联学会第六次会员代表大会（六代会）换届后，仍担任中国楹联学会顾问委员会副主任、中国林业产业联合会名山文化与自然教育分会执行理事长、名山文化研究院院长。邹老卸任玉作《六代会卸任有感》"沥血联坛十一年，夺标强省续新篇。何曾节假休闲过，不辍耕耘薪火传。两届交班归淡静，全心卸担与才贤。激情未共光阴老，国粹宏扬尚敢先"。诗人谨步韵作记。

"两新"培训有感

"两新"书记赶晨曦，培训主题强党基。
不忘初心担使命，实干兴邦正适时。

注："两新"，指新（非公）经济组织和新（民办）社会组织。诗人在参加湛江市委组织的"两新"书记培训期间，有感而作。

咏袁隆平

杂交水稻毕生倾，亩产翻番品质精。
从此人间丰足食，功高盖世颂隆平。

注：袁隆平，享誉海内外的著名农业科学家、中国杂交水稻事业的开创者和领导者、"共和国勋章"获得者、中国工程院院士，致力于杂交水稻技术的研究、应用与推广，发明"三系法"籼型杂交水稻，成功研究出"两系法"杂交水稻，创建了超级杂交稻技术体系，被誉为"杂交水稻之父"。

黄旭华颂

国之重器谁研发？深海潜航黄旭华。

院士埋名三十载，功勋卓著耀红霞。

注：黄旭华，舰船设计专家、核潜艇研究设计专家。黄旭华长期从事核潜艇研制工作，开拓了中国核潜艇的研制领域，是中国第一代核动力潜艇研制创始人之一，被誉为"中国核潜艇之父"，为中国核潜艇事业的发展做出了杰出贡献。他两次获得"国家科学技术进步奖"特等奖，并获得第六届全国道德模范敬业奉献类奖项。

贺聚贤亭落成

金秋母校高朋满，喜庆二中学子欢。

湖畔聚贤亭矗立，师生同表赤心乾。

注：为迎接湛江市第二中学（定名70周年，办校120周年）校庆的到来，由广州市湛江二中校友会捐建的"聚贤亭"于2020年10月落成。

沉　思

水清鱼读月；
花谢子思亲。

注：五字联习作，偶得。

水调歌头·百善孝为先

亲恩何时报，昂首问青天。耄期慈母，子孙难有伴身前。倘若撒寰归去，尔我徒生怨悔，辗转未成眠。情真言无表，泪湿枕边环。

思绪理，行囊捡，把家还。不应留恨，回馈养育莫须闲。前辈春晖浩荡，后继安康久远，虞舜感苍颜。四海皆称颂，百善孝为先。

注：耄，指八十至九十岁。虞舜感苍颜：舜，传说中的远古帝王，五帝之一，姓姚，名重华，号有虞氏，史称虞舜。相传他的父亲瞽叟及继母、异母弟象，多次想害死他；而舜毫不嫉恨，仍对父亲恭顺，对弟弟慈爱。他的孝行感动了天帝。帝尧听说舜非常孝顺，有处理政事的才干，于是把两个女儿娥皇和女英嫁给他。经过多年观察和考验，他选定舜做他的继承人。舜登天子位后，去看望父亲，仍然恭恭敬敬，并封象为诸侯。

聚贤亭抒怀

聚贤亭榭添新景，校友捐资见赤诚。
唯愿黉门才俊涌，民安国盛最豪情。

  注：聚贤亭坐落于湛江市第二中学校园湖（学海）畔，与趣苑桥、人和亭、生物园隔湖相望，四周遍植凤凰木、修竹等，有黄莺、白鹭筑巢于此，清风徐来，水波粼粼，鸟语花香，诗意盎然。

贺湛江诗词楹联研究会授牌

诗联结社二中开，继海授牌贤友来。
李杜遗风西粤拾，杏坛美誉传八垓。

  注：八垓，八方的界限。楹联，首批国家级非物质文化遗产。为传承中华优秀传统文化，促进校园文化建设，助力湛江创建全国文明城市，湛江市诗词楹联研究会于2020年7月24日成立；同时，湛江市第二中学举行中国楹联教育基地授牌仪式。湛江市诗词楹联研究会为中国楹联学会和广东楹联学会团体会员单位，中国楹联学会副会长、广东楹联学会会长邹继海被聘为总顾问，湛江市第二中学诗社顾问莫延昌被聘为名誉会长，湛江市第二中学校长杨耀明当选会长。该会将致力于中华诗词、楹联的研究、保护、创作和推广，为繁荣湛江市诗联文化助力，为新时期传承和传播诗词楹联文化提供平台。

雨过天晴

风摇叶落诗心碎；
雨洗云开景色明。

注：为鼓励广大师生参与楹联文化学习，湛江市诗词楹联研究会及二中诗社出简单的五字和七字上联，让师生作下联以对，并拟横批。此为练句之作。

家校共育

家校同心培素养；
师生协力绘前程。

注：此联是在全校师生家长大会上的讲话主题。

牛雁贺春

鸿雁北归春潮动；
旺牛东入紫气来。

注：为迎接辛丑牛年的到来，诗人拟写春联。

港湾览胜游

携友港湾走，滨城览胜游。
大桥通两岸，平地矗高楼。
绿道伴霞影，亭台近钓舟。
海鲜尝过后，醉美思长留。

注：诗人与朋友畅游金沙湾有感而赋。

湖光镜月抒怀

中秋国庆喜相连，把盏湖光镜月前。
社会奔康人振奋，同人展志马加鞭。

注：诗人与同人于湖光岩镜湖赏月，感怀而赋。

硇洲古韵赞

千帆出海识归途，灯塔高悬心不孤。
鲜鲍龙虾商旅赞，硇洲古韵美名符。

注：鲍鱼和龙虾，硇洲之特产。诗人与朋友畅游金沙湾有感而赋。

玉湖抒怀

万顷碧波叠翠间，相邀摇桨比神仙。
山清水秀玉湖美，人杰地灵州郡边。

注：州郡，指高州古郡。玉湖，即高州水库，水面平静如镜、碧绿如玉，故被人们称为"玉湖"。景区大坝巍峨，青山叠翠，绿水如碧，空气清新，千岛浮洋，鱼跃鸟翔，百果飘香，流光溢彩。玉湖风景区中有日月同辉、龟蛇锁坝、七星伴月、百鸟朝凤、龙子仙女、水上迷宫、小鸟天堂、水仙恋碧波等景点，有别致的亭台馆榭、雕像碑刻、回廊曲径、奇花异草，工程、自然、人文景观等旅游资源丰富，是诗人故里茂名市著名的"后花园"。

中秋国庆喜相逢

炎尽气清朗，疫除民泰安。
中秋逢国庆，明月照团圆。

注：2020 年注定是不平凡的一年。中国人民经受住了疫情的考验，满街飘扬的五星红旗格外鲜艳，窗外的团圆之月格外皎洁。今天，双节"喜相逢"，国与家"撞了个满怀"。今天，亿万中国人心中兴起的是无尽的家国情怀。在这值得铭记的美好日子里，诗人感赋以志。

家　风

九牧祖光源莆田，高凉林氏惠风延。
书香承递情怀系，才德双馨仁义传。

注：九牧，指"九牧林氏"，是福建莆田、泉州地区林氏家族的称号，源于唐代莆田林家后人林披的九子，他们自幼好学，后都成为州刺史（唐代官职，本为汉太守一级，但汉末州刺史改称州牧，故而在唐代也可雅称"牧"），又称"唐九牧"。

玉林游

国庆中秋游玉林，贤朋聚首珍馐品。
月仙也羡人间奇，今晚临凡共畅饮。

注：珍馐，指珍奇名贵的食物。2020 年，国庆、中秋双节相逢，诗人与贤朋相聚畅游玉林，有感而作。

冬游硇洲岛

南国初冬多暖阳，百花盛放气清爽。
硇洲古韵久传名，海岛风光今日赏。

注：硇洲古韵，是湛江八景之一。硇洲岛，古称硭，位于湛江市东南约40公里处。它北傍东海岛，西依雷州湾，东南面是南海，纵深是太平洋，总面积约56平方公里，是20万~50万年前由海底火山爆发而形成的海岛，风景秀丽，一年四季气候宜人，古迹众多。

巴渝印象

白雾盘山涧，千帆竞水川。
虹桥连两岸，广厦隐云天。
轻轨穿楼险，洋房吊脚坚。
火锅麻辣味，尝过赛神仙。

注：轻轨穿楼，指重庆的李子坝轻轨站，它是中国国内第一座与商住楼共建共存的跨座式单轨高架车站，堪称人类的一大奇迹。吊脚，指在斜坡上建造房屋时，用于支撑房屋的立柱材料。重庆古称"渝城"，选址在长江与嘉陵江间狭窄的渝中半岛上，由河谷、台地、丘陵、低山组成，缺少平地。清末名臣张之洞曾咏重庆古城之势曰："名城危踞层岩上，鹰瞵鹗视雄三巴。"山即是城，城即是山，重庆自古就是一座山城，文化别具一格。

功夫酸辣粉

渝城风采集江湾，磁口老街精艺全。
川味首推酸辣粉，功夫一见不虚传。

注：功夫酸辣粉，重庆酸辣粉品牌，以高品质绿色的红薯粉为原料，是以特殊方法手工制作而成的川味食品。

巴蜀行

暑去气清朗，同人聚古城。
研修提素养，互鉴添才情。
重庆清华美，南温学校精。
人文巴蜀韵，渝湛喜携行。

注：清华，指重庆清华中学。南温，指重庆南温泉小学。2020 年秋，湛江市"省、市名校长工作室主持人"一行到重庆研训学习，与同行交流，诗人有感而作。

十六字令·秋三首

（一）仙人洞
秋，暑尽新凉好出游。
仙人洞，诗友醉其幽。

（二）沧桑变
秋，故地重游惊我眸。
沧桑变，山涧拔高楼。

（三）烟雨稠
秋，彩叶层层绘沃洲。
烟朦雨，巴蜀赋情稠。

注：十六字令，词牌名，因全词仅十六字而得名，又名"苍梧谣""归梧谣""归字谣""燕衔杯""花娇女"。此调只见两体，均为单调四句十六字，属于最短的词。正体三平韵，第一、二、四句押韵，均用平声韵。变体两平韵，第二、四句押韵。其中（一）描写的是家乡高州仙人洞之幽，（二）（三）描写的是重庆风情。

小平故里行

川渝天放晴，崇礼广安行。
祈愿梦圆日，琼杯慰小平。

注：琼杯，指玉制的酒杯。为缅怀一代伟人邓小平，在改革开放40年之后，诗人怀着崇敬的心情走进了改革开放和现代化建设总设计师邓小平同志的故里——四川广安，深刻体会中国改革开放历史性变化的内涵和邓小平同志独特的人格魅力。

主持人重庆研修

重庆研修提素养，渝城求学去迷蒙。
专家讲座悬疑解，名校交流困惑通。
巴蜀文明千古远，小平理念百年功。
创新教育无旁贷，立德树人心永红。

注：庚子年十一月，省、市名校长工作室主持人及助手一行26人到重庆集中研修，诗人赋七律。

名校长培训感怀

天命之年当益壮，创新时代弄潮忙。

生逢盛世谁言老？花甲求知赶早阳。

注：天命之年，指五十岁。论语中有"吾十有五而志于学，三十而立，四十而不惑，五十而知天命，六十而耳顺，七十而从心所欲，不逾矩"，所以天命之年是指五十岁。五十而知天命，并不是听天由命，而是努力作为，但是对结果看淡很多，虽然仍然是废寝忘食，但更加看重的是一切随缘。参加研训的省、市名校长工作室主持人大多数年过五旬，部分年届六旬，诗人有感而作。

归乡感赋

童年求学出乡关，及老怀幽故里还。

沧海桑田积愫在，归真朴野展欢颜。

注：沧海桑田，葛洪在《神仙传》里记载有一个叫麻姑的仙女，说自从她当仙女以来，已经见到东海有三次变为桑田了；后用沧海桑田比喻世事变化很大。积愫，指多年的真情。朴野，指质朴，不文饰，不矫饰。

人生之秋

人生无悔近秋容，体健心宽盛世逢。
弄墨吟诗髫幼伴，和谐豁达福康从。

注：髫幼，指孩童；豁达，指心胸开阔，性格开朗，能容人容事。人生晚年如秋景，岁月不老溢华光。诗人有感而作。

党员游慈孝文化城

党员活动值金秋，南国暖阳照九洲。
仙洞传承慈孝理，精神食粮后人收。

注：仙人洞，地处广东省湛江市廉江市城东北部河唇镇内牛麻岭，相传很久以前有位仙人居住于此，遂得名。仙人洞上有个亭，在牛麻岭半腰上，是行人和登山者休憩和乘凉的好地方。廉江慈孝文化城，位于仙人洞景区内，是"廉江传统农耕文化生态产业园"的核心项目，文化城展览馆设有"道家慈孝文化展览馆""道家经典文化展览厅""儒家慈孝文化展览馆""中华百家姓家风家训馆"和"传统文化交流和体验区"等，是富有时代特色的传统文化学习基地。

与国振同学欢聚

国振莅临聚海滨，豪情未减举杯频。
春砂致富把经授，秘籍倾囊康庶民。

注：何国振，诗人在华南师范大学读书时期的同学，现为广州中医药大学教授、博士、中医药专家，擅长春砂仁种植和开发等。诗人与同学相聚后感怀而作。

致跟岗校长学员

金秋十月飘香季，校长研修正适时。
精致育人疑惑解，创新求实出真知。

注：2020 年 10—11 月，湛江市初中校长任职培训班两期共 39 位校长跟岗学习，结业典礼时诗人赋诗以赠。

赤里新村赞

立冬僚友吴川走，赤里人文聚众眸。
今日乡贤杨氏楷，将军宏愿后生酬。

注：僚友，同事的别称。杨赤里村（又名：瑚琳赤里村）位于湛江市吴川市塘缀镇北面，是一个有200多人的革命老区村庄。赤里村原是一个只有200多人的穷山村，2018年，深圳市广胜达建设有限公司董事长（原赤里村村民）杨松先生致富不忘乡里，斥资过亿，在原村址上为村民建了35栋三层半的住宅楼和2栋高层住宅楼，还建了文化活动中心，有广场、大舞台、文化楼、展览室等，以及一个杨氏文化广场。文化活动中心还开设了"杨氏春秋"展览，广场上立了"杨时塑像"，建了"杨时文化廊"，公园中建了纪念杨氏先人杨震的"四知亭"和纪念杨继业的"忠武亭"，全体村民订立《村民公约》，家家门口镶上家训牌，从而促进村民传承发扬良好的族德家风，培养文明乡风。

壮美中国

北方瑞雪迎冬至，南国和阳照翠枝。
海内河山多胜景，风情万种世称奇。

注：海内，指中国。辛丑年（2021）冬至时节，湛江气温25度，南北温差达40多度，诗人赋诗以志。

家乡通公路

庚子金秋喜事传，整修乡道入村边。
老家从此更兴旺，兄弟同心福报连。

教育本心

注："四好农村路"是习近平总书记于2014年3月提出的，即"农村公路建设要因地制宜、以人为本，与优化村镇布局、农村经济发展和广大农民安全便捷出行相适应，要进一步把农村公路建好、管好、护好、运营好，逐步消除制约农村发展的交通瓶颈，为广大农民脱贫致富奔小康提供更好的保障"。庚子年（2020）秋，通往老家村边的"四好农村路"开工修整。诗人赋诗以志。

忆江南·开通乡道寄情真

山村美，空气好清新。溪涧潺长滋草木，梯田绵远润人文。蜂蝶恋花芬。

寒已去，老树又逢春。乡里开通奔富路，百家欢庆去穷根。游子寄情真。

注：辛丑年（2021）春，通往老家村边的"四好农村路"竣工通车。词人特填词以志。

国庆感悟

十月同声颂伟功，五洲今日羡东风。
生逢华夏何其幸？全面复兴亲历中！

　　注：庚子年（2020）国庆节七天长假期，他国的新冠肺炎疫情态势加重，国人却能欢声笑语地结伴出游。幸运在于面对疫情，我们的祖国秉持科学精神，践行人民至上、生命至上理念，发挥体制优势，科学防治，精准施策。中国是第一个遏制了疫情蔓延的国家，是为数不多全面复工复学的国家，这是一种来之不易的幸福，尤其是第一个一百年的目标即将实现，令国人倍加振奋！只要我们坚定走中国特色社会主义道路、坚定"四个自信"，第二个一百年——中华人民共和国成立百年之时，实现中华民族伟大复兴的目标，我们也一定会亲历其中！

小雪日纪事

季节轮回小雪期，南滨暖日气清时。
金湾泳客波光伴，海面渔舟燕鹭随。

　　注：庚子年（2020）小雪时节，滨城湛江天清气朗，结伴漫步金沙滩，诗人有感而作。

冬至纪事

凉风凛凛逢冬至，九九寒天今计时。
北国河山飘瑞雪，南疆草木吐花枝。
岸边绿柳迎风展，海上银帆逐浪移。
大美中华多异彩，万千气象不成奇。

　　注：庚子年（2020）冬至时节寒未至，小雪大雪都无雪，描述诗人身处祖国大陆最南端——雷州半岛的真实体验。

小寒天纪事

朔风瑟瑟路人稀，三九寒天雪雨霏。
弄墨舞文家里乐，君吟格律我来依。

　　注：格律，指律诗。律诗，是唐朝流行起来的一种汉族诗歌体裁，属于近体诗的一种，因格律要求非常严格而得名。常见的类型有五律和七律，在字句、押韵、平仄、对仗各方面都有严格规定。依，指依韵，亦称同韵、和韵，即和诗与原诗同属一个韵部，但不必用其原诗词的韵脚。庚子年小寒，一股罕见的强冷空气南下至湛江，气温急降至2度，广东有许多地方下了雪。诗人和朋友一起作诗以志。

卜算子·牛年除夕感怀

除夕夜无眠，思绪难平静。过坎翻山战疫魔，历历英雄影。
变局涌风云，力挽狂澜定。务实求真敢创新，崛起中华盛。

注：辛丑牛年（2021）到来，词人除夕夜无眠，感慨良多，填词以志。

开年寄语

辛丑牛年花早芬，春风暗渡入黉门。
自强学子天行健，崇德文坛地势坤。

注：黉门，古代称学校的门，现在借指学校。天行健，如天（即自然）
般运动，刚强劲健。地势坤，意为大地的气势宽厚和顺，能吸收阳光，滋润
万物。

有缘同作港城人

隆冬腊月近新春，鼠去牛来开泰辰。
泣血披肝无怨悔，求真务实不辞辛。
推行课改功勋硕，创建名牌捷报频。
今日与君歌一首，有缘同作港城人。

　　注：诗人感动于二中港城同人的敬业精神，有幸与之同行共进，值新春之际赋诗以志。

辛丑立春

东风送爽草茵茵，牛气冲天开泰辰。
骇浪惊涛终散去，莺歌燕舞又迎春。

　　注：辛丑年（2021）立春时节，南方已是东风送爽，绿草茵茵。疫情基本已控，诗人不再如庚子年（2020）春节时那样"宅"在家里，庆幸之余，作诗以志。

百日冲刺

冲刺誓师凭自信，港城学子赶星辰。
心无旁骛求高效，六月争锋作凤麟。

注： 此诗赠初三、高三学子，有加油鼓劲之意。

浪淘沙·高三备考祝愿

二月沐春风。柳绿桃红。港城学子换新容。三百师生齐互勉，夏日争锋。

鸿鹄越千峰。翱翥青空。专勤博学贵旁通。过坎翻山迎大考，冲刺成功！

注： 鸿鹄，鸿指大雁，鹄指天鹅；鸿鹄是古人对飞行极为高远的鸟类的通称；在中国的神话传说中，鸿鹄则是指白色的凤凰。翱翥，读音为 áo zhù，意思是飞翔。

三国极简史

群雄逐鹿汉朝空，吴蜀连横斗魏公。
瑜亮相煎殊太急，终归晋室结分风。

注：诗人用 28 个字讲述了东汉末年豪强争霸，到三国相斗，最后晋朝一统的主要故事，其中还体现了周瑜、诸葛亮等关键人物的作用。

张飞胜吕布

骄蛮吕布乱人伦，有勇无谋失道真。
怎比张飞忠义胆，彪铭青史万年春。

注：三英（刘备、关羽、张飞）战吕布，只打了平手，何言其张飞一人战胜吕布？胜于最终影响，一个失道落得千古骂名，一个忠义铭于万年青史。

好事近·元宵节妻生日祝愿

　　华夏庆元宵，春雨百花争娇。良母爱妻生日，品酒添情调。

　　姻缘卅载儿成才，恰逢时年好。何以达心圆愿？醉数饴孙笑。

　　注：元宵节恰逢妻生日，时年好，喜遇儿成才；还有心愿未了：醉数饴孙笑。

卜算子·归鸿思

残月照庭深，万籁田园静。辛丑清明夜未眠，百感交萦映。经载厌嚣烦，几梦思乡岭。但愿归鸿远旅尘，故土安心境。

　　注：游子乡愁，永远的主题；田园生活，城里人的向往。

惊　蛰

春雷惊蛰远冬寒，柳嫩桃红鸥鹭欢。
放眼港湾皆美景，流连忘返醉沙滩。

注： 惊蛰，又名"启蛰"，是二十四节气中的第三个节气。惊蛰反映的是自然生物受节律变化影响而出现萌发生长的现象。时至惊蛰，阳气上升、气温回暖、春雷乍动、雨水增多，万物生机盎然。农耕生产与大自然的节律息息相关，惊蛰节气在农耕上有着相当重要的意义，它是古代农耕文化对于自然节令的反映。一年春耕自此开始。

赏　春

春暖花争丽，草茵郊野时。
晨珠初叶挂，新绿柳枝垂。
花蝶轻飞舞，幼童蹒步姿。
风光无限好，有感赋闲诗。

注： 此为五言律诗。五言律诗，是中国传统诗歌的一种体裁。此体发源于南朝齐永明时期，讲究声律、对偶，成熟于盛唐时期。全篇共八句，每句五个字，有仄起、平起两种基本形式，中间两联须作对仗。此诗为平起。

地生备考互勉

地生中考百天后，冲刺誓师精气抖。
注重双基强信心，提升效率显身手。
畅游学海苦甘尝，翻越高峰毅力有。
美好前程奋斗求，雄鹰展翅飞霄九。

注： 霄九，指九霄，九重霄，倒装词。天有九天。《太玄》曰：有九天，一为中天，二为羡天，三为从天，四为更天，五为晬天，六为廓天，七为咸天，八为沈天，九为成天。

悼慈母

含辛茹苦历蹉跎，哺育儿孙磨难多。
一辈勤劳修正道，始终笑脸唱弦歌。
挑灯纺线御寒冻，缩食节衣甘马骡。
今日母亲辞我去，千般不舍奈情何！

注： 在母亲张氏（1927—2022）寿终正寝告别之时，诗人感怀而赋。

百年党庆抒怀

辉煌我党百年诞，带领人民奔小康。
全面复兴宏愿引，创新实干奋争光。

注：庆祝中国共产党成立100周年大会于2021年7月1日上午8时在北京天安门广场隆重举行。中共中央总书记、国家主席、中央军委主席习近平发表重要讲话。诗人赋诗以志。

贺一中诗社揭牌

诗社开枝湛一中，传承国粹领文风。
黉门学子才潮涌，杏苑师生隽永丰。

注：辛丑年（2021）之夏，五月十日，湛江一中六千师生静穆肃立，五星红旗冉冉升起，随后举行了湛江一中诗社授牌仪式。湛江一中诗社成立，任重而道远。相信在未来的光辉岁月里，湛江一中诗社在湛江一中这艘教育战线的巨轮上，必将有所担当，有所作为。诗人以诗致贺。

启新程·初三毕业礼致辞

三载同窗情义浓，港城学子炼真功。今朝毕业新程启，他日成才素养隆。

伤离别，盼重逢，鲲鹏之志驭长风。莫由韶景空飞度，精彩人生握手中。

注：充满童真和稚气的你，在二中港城开始步入如梦的青春年华，完成了人生中最关键的时期，用辛勤汗水播种理想、浇灌希望，成绩可喜，成长为翩翩少年，书写人生如诗的青春乐章……你们即将踏上新征程，谱写更精彩的篇章……

贺全红婵高台跳水夺魁

中华奥运展英猷，小将红婵惊世眸。

三跳满分光史册，一朝折桂壮心酬。

注：英，指才能出众的人，猷，计划、谋划的意思；英猷，有良谋之意。2021 年 8 月 5 日，中国跳水小将，刚满 14 岁的湛江姑娘全红婵迎来了自己的"高光时刻"，在东京奥运会，她以几近完美的五跳，赢得了 466.2 分，以 5 跳 3 次满分打破纪录的好成绩夺得女子跳水 10 米台比赛冠军，拿下中国奥运队伍的第 33 金。

过龙门 · 致高三毕业学子

　　火凤绽金苞。绿衬红梢。港城学子竞天骄。三载打拼强素养，一试冲霄。

　　毕业惹相憀。惜别今朝。此情难禁诵骊谣。他日有缘当聚首，共诉心潮。

注：火凤，即火凤凰，又名金凤，凤凰木，红花楹。憀，寄托、依赖的意思；相憀，依依不舍的样子。骊谣，即骊歌，指告别的歌（离别时唱的歌）。三年前选择一所全面发展理念的学校，在二中"优秀＋特长"理念下发展各种素养，学会合作学习，增强团队意识，这是一种幸运；三年来收获真挚同学情谊，结下深厚师生情谊，这是一种幸福；若干年后再聚首母校时，一定会发现师生缘和同学情不会被时间冲淡，反而如美酒，越陈越香！

开学前致勇挑重担之同事

　　家家经本多难诵，克己为公师品隆。
　　重担不辞甘奉献，翻山过坎建勋功。

注：每学年的岗位安排，尤其是安排班主任等重要任务都特别难，难在教育教学任务繁重而人手相对不足。然而绝大多数教师在学校困难之时，咬牙坚持，重担不辞，令人感动。

晚舟归来

守得云开孟晚舟，今朝回国值中秋。
东风浩荡阴霾尽，正义终归胜鸩鸠。

注： 鸩鸠，指专门诬陷好人的恶人。

贺神舟十二号天宫载人归来

历经三月步苍穹，今别天宫返国中。
英杰频仍开泰运，神舟十二载誉隆。

注： 神舟十二号，简称"神十二"，为中国载人航天工程发射的第十二艘飞船，执行的是空间站关键技术验证阶段第四次飞行任务，也是空间站阶段首次载人飞行任务。2021 年 6 月 17 日 9 时 22 分，搭载神舟十二号载人飞船的长征二号 F 遥十二运载火箭，在酒泉卫星发射中心点火发射，顺利将聂海胜、刘伯明、汤洪波 3 名航天员送入太空；9 月 16 日，神舟十二号载人飞船撤离空间站组合体；9 月 17 日 13 时 30 分许，神舟十二号返回舱在东风着陆场安全降落。

全国优秀校长研究班交流分享

校长研修分享时，集思碰撞见真知。
专家点拨生明慧，解惑析疑尤恨迟。

注：诗人经省教育厅推选为 2021 年校长国培示范性项目卓越校长领航工程研修学员，参加其中的"中学优秀校长高级研究班"（一省一人），在交流分享之时有感而作。

华师研训之中秋夜

辛丑中秋夜，华师赏月光。
校长为研训，今晚不思乡。

注：辛丑年（2021）中秋节，诗人在教育部校长培训中心——华东师范大学过节，赋诗以志。

寒露时节观落叶有感

寒露秋风似剪刀，纷飞黄叶把枝抛。
谁言落絮已无用？化作春泥护后梢。

注： 辛丑年寒露日，多年未见之寒露秋风南下至湛江，落叶纷飞，诗人有感而作。

"神十三"载人赴天宫

子夜神舟飞夜空，航天英杰赴天宫。
苍穹奥秘求真解，半载航程万世功。

注： 神舟十三号，简称"神十三"，为中国载人航天工程发射的第十三艘飞船，执行中国空间站关键技术验证阶段第六次飞行。2021年10月16日0时23分，神舟十三号载人飞船在酒泉卫星发射中心发射升空，0时33分载人飞船与火箭成功分离，进入预定轨道，顺利将3名航天员送入太空，飞行乘组状态良好，发射取得圆满成功。这次执行飞行任务的英雄是翟志刚、王亚平、叶光富三位航天员，按照计划部署，神舟十三号航天员乘组在轨驻留六个月。

匠神有继

灵秀溪城，承继鲁班神髓，守正纳新，红木精雕扬雅韵；
匠心麦灿，赍擎超顺品牌，遵章明理，巧工细琢捧非遗。

注： 超顺红木家具厂旗下品牌"超顺红木"，以其高品质的产品多次荣获"中国家具优秀品牌""非遗传承单位"等荣誉称号。产品集"美、牢、韵、雅"于一体。湛江市遂溪县超顺红木家具厂创始人麦灿，生于木工世家，是"广作硬木制作技艺非遗传承人"。诗人特作此联以记。

寄语入室跟岗校长

五育兼容弘德先，同研共进育才贤。
初心使命当牢记，示范传承贵笃专。

注： "同研共进，示范传承"是湛江市教育局苏盛副书记确定的新一届"三名"（名校长、名班主任、名教师）工作室主持人培训的主题。2021 年 12 月，为期三年的"入室"学员第一次到工作室跟岗研训，结束时诗人以此诗赠学员们。

出水芙蓉

芙蓉出水带残露，剔透玲珑百卉妒。
沐浴阳光最灿然，芳心暗与雅人诉。

注：雅人，风雅之士，多指情趣深远、举止不俗的文人。本诗平起仄收，押仄韵，平仄脚。诗人谨以此诗纪实和抒怀。

风雨重阳节

"圆规"带雨恰重阳，不去登高赋雅章。
百业和谐期岁瑞，弘扬传统翊荣昌。

注："圆规"，指2021年第18号台风，没有造成灾害，却带来了雨水润泽秋旱的大地。翊，鸟儿欲飞，"羽"指"双翼"，"立"与"羽"联合起来表示"鸟之双翼竖立起来"，指鸟儿准备起飞的样子。

赞防台风一线工作者

深秋南海飓风吹，"狮子""圆规"前后随。
扰乱滨城清静夜，不眠留守抗灾危。

注："狮子""圆规"分别指辛丑年17号台风"狮子山"和紧随其后的18号台风"圆规"，它们登陆前均减弱为热带风暴，虽然没有带来灾害，但之前的预防工作一点也不马虎松懈。

梦回山村

幽山流水远，绿柳衬青空。
蝶舞恋花蕊，虫声潜梦中。

注：思乡，即对家乡、亲人的思念之情。思乡一般都是游子在外地对自己家乡的思念。王勃"海内存知己，天涯若比邻"、苏轼"但愿人长久，千里共婵娟"等，皆为千古绝唱。

家乡秋景

水库堤坡几只牛，霞光一缕耀山丘。
凉风拂动飘秋叶，惊起湖边三两鸥。

注：在外面无论遇到什么样的挫折，家都是最好的归宿，我们常常想念家乡的草木山丘，或是房前的一条溪流，那里承载了小时候的回忆……

功勋之城深圳

千年渔港称蛇口，今日鹏城耸蜃楼。
智慧创新崇务实，宏图发展意遐悠。
笃行立范比潮鼓，改革标杆冠五洲。
深圳功勋铭几许？奔康致富解民忧。

注：《中共中央国务院关于支持深圳建设中国特色社会主义先行示范区的意见》指出：到21世纪中叶，深圳以更加昂扬的姿态屹立于世界先进城市之林，成为竞争力、创新力、影响力卓著的全球标杆城市。深圳建市40多年来，勇立改革开放潮头，取得傲世辉煌成就，诗人赋诗以志。

五湖烟景

东风杨柳欲青青，返照湖边暖复明。
解把飞花蒙日月，五湖烟景有谁争？

注：本诗为集句诗。集句诗，诗的体裁之一，就是集合古诗文句成诗。本诗集自晏殊的《诉衷情》、白居易的《南湖早春》、曾巩的《咏柳》、崔涂的《春夕》。五湖，近代一般指洞庭湖、鄱阳湖、太湖、巢湖、洪泽湖。古代的说法不同，如《国语》《史记》中的五湖专指太湖，或太湖及其附近的湖泊。

夜泊江南

菲菲红素轻，径草踏还生。
月出惊山鸟，江船火独明。

注：本诗为集句诗，分别集自杜甫的《春远》、孟浩然的《晚春》、王维的《鸟鸣涧》和杜甫的《春夜喜雨》。

行香子·归隐田园

　　庭院飘烟，山涧流澜。旭光染、层彩云天。和风轻拂，余韵回旋。与君相守，身相伴，手相牵。

　　何妨及老，颐养天年。不随俗、远隔繁喧。银河星灿，体健心宽。烛光同饮，月同在，醉同欢。

　　注：行香子，词牌名，又名"读书引"。全词呈现的是春光流动、令人向往的山村生活图。本词的上片以白描的手法、浅近的语言，勾勒出一幅田园生活态美景；下片则为抒情，形象生动地表现对未来归隐生活的憧憬。

和一蓑烟雨任平生《秋吟》

　　酒茶也未去残愁，但愿相依共白头。
　　不问凡尘谈雅韵，青山绿水对春秋。

　　注：一蓑烟雨任平生佳作《秋吟》：无茶无酒也无愁，不见芦花共白头。唯有一箫风雅甚，几声吹落满山秋。诗人有感作和。

访木艺非遗传承人麦灿感赋

木工技艺列非遗，超顺传承国粹奇。
雅韵美牢红木作，高擎华夏鲁班旗。

注：超顺红木家具厂旗下品牌"超顺红木"，以其高品质的产品多次荣获"中国家具优秀品牌""非遗传承单位"等荣誉称号。

"精致教育"情怀

育苗精致花开艳，为党培才责在肩。
"三项六阶"扬美德，"三环五步"显能贤。
春风化雨情怀健，学业求精素养全。
使命初心当谨记，复兴路上绘鸿篇！

注："三项六阶"，指"三项六阶层进——家庭教育家校互动亲子教育活动"体系，是我校的德育特色项目，2019 年入选"广东省家庭教育指导品牌项目"和教育部首批"全国家庭教育创新实践基地"。

有感于"三名"工作室揭牌

揭牌盛会启"三名",教育同人聚港城。
为党培才圆使命,求精扬善赴新程。
专家领导语殷切,校长老师情满盈。
成效应随行动显,功勋当论育红英。

注:辛丑年(2021)秋,设在本校的 10 个新一轮"三名"(名校长、名教师、名班主任)工作室揭牌仪式隆重举行,莅临的领导、嘉宾达数十人,诗人特赋诗以志。

诚邀老师同学南方来相会

立冬飞雪入寒天,南粤港城花正妍。
皓月当空思挚友,何时把盏对无眠?

注:辛丑年(2021)立冬日,正是北方飞雪南方花艳时,念及遍布各省市的"第十四期全国优秀校长高级研究班"的老师和同学,诗人有感而忠诚发出邀请。

港城 2019 届初三 7 班赞

教育本心

如花盛放好年华，融洽和谐似一家。
三载同窗欢快度，亲情荡漾众人夸。

注：港城 2019 届初三 7 班是践行"精致教育"之亲子教育理念最有成效的代表性班级之一。师生欢聚时，诗人有感而作。

访廉江中学有感

"三名"研训赴廉中，凝练破题求解蒙。
仁德育人添特色，专家点拨豁然通。

注：2021 年秋，湛江市"三名"工作室主持人集中研修，到访百年名校廉江中学。"广东省名校长工作室"主持人张旭校长全面介绍了该校的"仁德教育"特色，诗人有感而作。

"三名"工作室主持人培训学习感悟

十月金秋风气朗，"三名"集训荟群芳。
对标为党育梁栋，着眼未来培隽良。
深度交流生智慧，专家指导去迷茫。
初心使命须牢记，教育春天谱大章。

注：金秋十月，湛江市新一轮"三名"（名校长、名教师、名班主任）工作室主持人共175人，集中在廉江市进行为期一周的第一次研训，由岭南师范学院教育培训学院承办，效果很好。诗人作诗以志。

与诗友相聚

北国雪花飞，雁行南向归。
秋深霜降后，菊艳蟹黄肥。
把盏品茶酒，笑谈对晚晖。
诗媒约好友，一醉敞心扉。

注：辛丑年（2021）霜降时节，北方已入冬，南国花正红，诗人以诗为媒，诚请朋友南下相聚，以此文相邀。

咏 梅

傲霜立雪骨头硬，凛冽寒潮花簇挺。
敢叫百英身后随，古今美誉君尊鼎。

注：梅、兰、竹、菊合称花中"四君子"。自古文人爱梅花，是因为梅花
身上有两个特质：一是傲雪，二是清香。在百花凋谢、飞雪飘零的季节，梅花
能够独自盛开，其傲视冰雪的气质与文人自身的清高与坚韧品质相类似，如
"宝剑锋从磨砺出，梅花香自苦寒来""不经一番寒彻骨，怎得梅花扑鼻香"
"已是悬崖百丈冰，犹有花枝俏"这些诗句就点明了这一点，于是文人墨客自
然而然地将梅花比作自己。本诗"傲霜立雪骨头硬""敢叫百英身后随"，点
出了梅花列"四君子"之首的本质。

吟 竹

历尽沧桑腰板坚，化身竹简载遗篇。
虚心永葆后来继，绿满荒山不斗妍。

注：竹子是感物喻志的象征，也是喻物诗和文人画作中最常见的题材；它
表现了自强不息、顶天立地的精神；它清华其外、淡泊其中，显清雅脱俗、不
作媚世之态。本诗与南朝梁诗人刘孝先的诗句"竹生荒野外，梢云耸百寻。
无人赏高洁，徒自抱贞心"有异曲同工之妙。

颂　菊

金菊迎春星汉闪，城乡节日易容妆。
逸仙锦簇何多誉？竞发争妍集百芳。

注：菊，雅称逸仙。菊花之美，美在春生夏茂、秋花冬实；美在名类繁多，目前菊花栽培品种已达 3 000 多种，异彩纷呈，婀娜多姿，"竞发争妍集百芳"。金菊迎春、花团锦簇是人们最常见的景色，为城市美化做出极大的贡献。

赏　兰

独爱长廊弯小径，让人忘返恋芳馨。
芝兰堪比神医手，除却烦忧养性灵。

注：兰，幽、友之喻。中国传统名花中的兰花如春兰、蕙兰、剑兰、墨兰和寒兰等，即通常所指的"中国兰"。兰花没有醒目的艳态，却具有质朴文静、淡雅高洁的气质，很符合东方人的审美标准。中国人历来把兰花看作高洁典雅的象征，并与"梅、竹、菊"并列称花中"四君子"。常以"兰章"喻诗文之美，以"兰交"喻友谊之真，或借兰来表达纯洁的爱情，"气如兰兮长不改，心若兰兮终不移""寻得幽兰报知己，一枝聊赠梦潇湘"。1985 年 5 月兰花被评为中国十大名花之四。芝兰，芝草和兰草皆香草名，古时用来比喻君子德操之美或友情、环境的美好等。

亚洲送福

辛丑大寒花斗艳，亚洲墨宝势如澜。
虎年送福祈春早，国泰民安把盏欢。

注：亚洲，指霞山区书法家协会主席杨亚洲。澜，大波也，大波为澜，小波为沦，意指水面像动物皮张那样有弹性地上下起伏。辛丑年（2021）大寒时节，滨海港城，暖阳高照百花艳，大师杨亚洲先生送"福"祈春，与诗人把盏言欢，诗人有感而作。

虎年祝福

寅虎啸春鸿运开，阴霾散尽吉祥回。
身心康健丁财旺，生活和谐幸福偎！

注：2021年是"十四五"开局之年，我国正处于百年未有之大变局中，面对严峻复杂的全球疫情和外部环境以及国内经济恢复发展中的矛盾问题，我国人民众志成城，如期全面建成了小康社会。虎年新春，诗人衷心祝愿全国人民在第二个百年奋斗目标征程上携手奋进，每个人都能过上幸福安康的美好生活。

瑞虎呈祥

寅虎开春过大年，北京冬奥喜相连。
和谐发展添机遇，紫气东升绘绚篇。

注：寅虎开春日，冬奥开幕时，30 多个国家和国际组织领导人，亲自到北京参加冬奥会开幕式，共谋和谐发展新局面，诗人有感而作。

铿锵玫瑰夺冠记

女足开年瑞，铿锵夺冠回。
须眉惭愧否？不服试衔杯。

注：壬寅虎年（2022）开春时节，正月初六晚，在印度新孟买 D. Y. 帕提尔体育场的绿茵上，中国女足时隔 16 年重登"亚洲之巅"，勇摘桂冠而回。然而，男足在五天前的大年初一以 1∶3 惨败给国家人口仅有九千万的越南队，无缘亚洲 12 强，对比震撼，令人唏嘘。

鹧鸪天·北京冬奥风

寅虎开春喜气浓。北京冬奥涌东风。健儿云集追冰雪，新秀频仍逐梦中。

破纪录，立殊功。赛场竞技奋争雄。江山代有才人出，振兴中华报国衷。

注：壬寅开春日，北京冬奥时，谷爱凌勇夺桂冠创造历史，高亭宇打破奥运纪录赢在巅峰。今天的中国，其体育发展、人文昌盛、经济腾飞、科技进步，已经深刻融入当今世界。祖国日新月异的成就，更激发了广大中国人民的爱国热情。词人有感而作。

中考百日誓师

春雨无声滋大地，百花有意沐华光。
今朝学子立鸿志，六月蟾宫折桂香。

注：为了鼓舞初三师生士气，点燃拼搏激情，壬寅年初，阳春三月，在距离 2022 年中考 100 天的日子里，我们举办了一场催人奋进、激昂斗志的盛典——湛江二中港城中学 2022 届中考百日冲刺誓师大会。诗人特赋诗以勉。

陈瑸故里清端园

康熙赐谥号清端，厚德丹心千古传。
自此雷州扬海内，后生追缅鉴先贤。

注：陈瑸，字文焕，号眉川，广东海康（今雷州市）人。康熙三十三年（1694），陈瑸考中进士，历任古田县令、四川提学道、台湾兵备道、福建巡抚、闽浙总督等。陈瑸疏议废加耗、惩贪官、禁滥刑、置社仓、粜积谷、崇节俭、兴书院、饬武备。康熙五十七年（1718），陈瑸于任上去世，康熙帝追授其礼部尚书，赐祭葬，谥清端。雍正年间，陈瑸入贤良祠。清端园坐落于湛江雷州附城镇南田村（古称东湖村），占地 8 000 平方米，以陈瑸故居为中心扩建而成，是广东省海峡两岸交流基地、广东省家教家风实践基地和湛江市诗联文化教育基地。鉴，镜子（古代用铜制成）。

南国风玲花盛开

黄花漫野接云天，蜂蝶悠然舞眼前。
大地回春南国好，闲人骚客尽诗仙。

注：壬寅虎年（2022）三月，南国春游正适时，黄花灿烂漫野，美景当前吟小诗。

咏　蛙

守护田园心淡定，专于职守尽忠贞。
蠹虫胆敢添危害，一概清除不问名。

注：蠹（dù）虫，咬器物的昆虫，比喻危害集体利益的坏人。壬寅虎年（2022）踏春，忽闻田园蛙鸣，联想边防战士，守护国家安宁，诗人有感而赋。

山乡春分会友

神州春乍起，大地换装青。
山涧水流峡，花丛鸟秀翎。
树梢初叶嫩，湖畔小荷亭。
乡里会贤友，心怡作赋铭。

注：亭，此处指亭亭玉立的样子。壬寅年（2022）春分时节，诗人邀约贤友，整修乡下老房子，植树栽花于庭院，踏青山涧，吸收负氧离子，宰牲品酒，寻味田园生活，作诗以记之。

人生座右铭

岁月不停如逝水，雄心莫老勇担旗。
人生有梦行能果，务实求真方得之。

注：从教卅载有五，感悟良多，寄语与自勉，兼而有之。

咏　雁

大雁爱坚贞，仙缘携一生。
行程千万里，志远不渝盟。

　　注：元好问（字裕之，太原人。金朝末年至大蒙古国时期著名文学家、历史学家）在《摸鱼儿·雁丘词》的自序中说：金章宗泰和五年（1205），元好问十六岁时去并州（今山西太原市）参加科举考试，途中遇到捕雁人，捕雁人说，今天早晨捕获、杀死了一只大雁，另一只大雁悲伤地鸣叫着不肯飞离，最后竟然撞地而死。元好问被这两只大雁生死不弃的爱情感动，就从捕雁者手中买下了这两只大雁，并将它们葬在汾水岸边，把石头堆积起来做标识，题名"雁丘"。词曰："问世间，情是何物，直教生死相许？天南地北双飞客，老翅几回寒暑。欢乐趣，离别苦，就中更有痴儿女。君应有语：渺万里层云，千山暮雪，只影向谁去？"
　　李清照（宋代著名女词人）在《声声慢·寻寻觅觅》里说："雁过也，正伤心，却是旧时相识。"这说的就是大雁，词人用大雁来比拟自己和赵明诚的美好爱情。而赵明诚的离去，让这位才情女子伤心难过，"凄凄惨惨戚戚"，只好寄情于远飞的大雁。

虞美人·家乡新颜

　　白墙灰瓦挑檐俏。歇顶廊桥妙。凭阑尽览九重天。五彩层林、蜂蝶恋芳妍。

　　良朋聚首尊罍在。对饮歌来载。敢邀明月论沧桑。山水情稠、故里易新妆。

　　注："阑"，同"栏"，兼有纵横交错，参差错落的意思；凭阑，倚靠着栏杆的样子。"九"是数字单数中最大的数字，有"极限"之意；"九重"是数量词；九重天，指全部的天空。中国传统说天有九霄。尊罍，泛指酒器。家乡在变，社会主义新农村旧貌换新颜。辛丑年春，词人邀友归故里，登楼远眺，心旷神怡；小酌抒怀，激扬文字，填词以记之。

清明节悼故亲

　　山道弯弯祭故亲，杜鹃哀唤断肠人。
　　春芽未解离情苦，却把啼痕润草茵。

　　注：清明时节祭先父，杜鹃哀声泣血鸣。春草茵茵，却惹伤感。诗人赋诗以记之。

岳阳楼记

水天一色洞庭边，太白范公遗美篇。
第一名楼从此定，九州扬誉越千年。

注： 岳阳楼，被国务院公布为第三批全国重点文物保护单位，地处湖南省岳阳市岳阳古城西门城墙之上，紧靠洞庭湖畔，下瞰洞庭，前望君山，为三层、四柱、飞檐、盔顶、纯木结构，楼中四根楠木金柱直贯楼顶，周围绕以廊、枋、椽、檩互相榫合，结为整体。该楼始建于东汉建安二十年（215），因北宋滕宗谅重修岳阳楼，邀好友范仲淹作《岳阳楼记》，由此岳阳楼著称于世。檐柱上挂"长庚李白书"对联"水天一色，风月无边"。自古有"洞庭天下水，岳阳天下楼"之美誉，与湖北武汉黄鹤楼、江西南昌滕王阁并称为"江南三大名楼"，是"中国十大历史文化名楼"之一，世称"天下第一楼"。

黄山迎客松礼赞

傲雪凌风巍峻颠，奇松踞石立千年。
初心不改沧桑变，拜谒人潮崇礼虔。

注： 迎客松是黄山松的誉称，系松科松属的耐贫耐寒常绿乔木。在黄山玉屏楼右侧、文殊洞之上，倚青狮石破石而生，树龄至少已有 1 300 年，黄山"四绝"之一。树干中部伸出长达 7.6 米的两大侧枝，展向前方，恰似一位好客的主人，挥展双臂，迎领五湖四海的宾客来黄山游览。游客到此，顿时游兴倍增，纷纷摄影留念，引以为幸。诗人从教卅余载，借物抒怀，有感而赋。

滕王阁赞

滕王阁矗赣江旁，王勃诗文千古芳。
绣闼雕甍川泽骇，人文积淀见鄱阳。

注：颈联（第三句）源自王勃《滕王阁序》之"披绣闼，俯雕甍，山原旷其盈视，川泽纡其骇瞩"。绣闼、雕甍分别指雕花的阁门、彩饰的屋脊。骇，令人惊讶的意思。滕王阁，中国古典建筑的巅峰代表，始建于唐永徽四年（653），为唐高祖李渊之子李元婴任洪州都督时所创建，其为南方现存唯一一座皇家建筑。滕王阁因"初唐四杰"之首王勃的一篇骈文《秋日登洪府滕王阁饯别序》（简称《滕王阁序》）而得以名贯古今，誉满天下。自王勃的"千古一序"之后，王绪曾为滕王阁作《滕王阁赋》，王仲舒又作《滕王阁记》，传为"三王记滕阁"的佳话。后大文学家韩愈又作《新修滕王阁记》。由此王勃、韩愈等人开创了"诗文传阁"的先河，后来的文人学士登阁题诗作赋相沿成习。

自　勉

岁月不停如逝水，壮心未老勇担旗。
求真务实图圆梦，德学兼修以贯之。

注：从教已逾卅载，学生累计万千，教改仍在路上，不敢懈怠敷衍。诗人抒怀自勉。

依韵崔颢《黄鹤楼》

玄鸟常回此地游，骚人云涌赋情稠。
楚乡融汇百川水，江汉传承屈子猷。
九省通衢天下甲，诗仙搁笔古今讴。
文光煜煜何般是？浩瀚烟波黄鹤楼。

注：黄鹤楼，位于湖北省武汉市武昌区，地处蛇山之巅，濒临万里长江，始建于三国吴黄武二年（223），历代屡加重修，现存建筑以清代"同治楼"为原型设计，重建于1985年；因唐代诗人崔颢登楼所题《黄鹤楼》一诗而名扬四海。据说李白为之搁笔，曾有"眼前有景道不得，崔颢题诗在上头"的赞叹。黄鹤楼自古有"天下绝景"之美誉，与晴川阁、古琴台并称为"武汉三大名胜"，与湖南岳阳的岳阳楼、江西南昌的滕王阁并称为"江南三大名楼"，是"武汉十大景"之首。玄鸟，鹤的别称。《文选·张衡〈思玄赋〉》："子有故于玄鸟兮，归母氏而后宁。"李善注："玄鸟，谓鹤也。"

咏古柏盆景"苍龙"

苍龙古柏气轩昂，铁骨铮铮枝叶芒。
凛凛生威扬理道，世人传颂永流芳。

注：古柏，指树龄长的柏树，多见于名胜古刹，一般承载着当地历史文化。诗人观古柏盆景"苍龙"，有感而赋。

谷雨时节抒怀

季春谷雨洗霾瘴，旭日东升漾绿光。
无论风云多变幻，专耕教育翊文昌。

注：辛丑年，风云变幻大变局之时，叠加疫情之复杂，诗人深感作为教育工作者责任之重、生于华夏之幸，念及对教育兴邦之期，值谷雨春耕之际，特赋诗以记怀。

白衣大爱情

人间大爱白衣情，疫毒嚣嚣勇逆行。
守护平安无所惧，除魔扫魇把心倾！

注：白衣，指疫情期间奔赴抗疫前线的医务工作者和来自各行业的广大"逆行"志愿者。彼之大爱，铭于青史，庶民有幸，诗人赋诗记之。

抗疫传捷迎复学

抗疫凯歌今奏响，港城百姓解危艰。
复工复学奔相告，毒去霾除又展颜！

注：2022 年 5 月 6 日，新冠肺炎疫情悄然袭击湛江，短短 3 天确诊过百例。湛江，被按下了暂停键。疫情暴发后，各方力量迅速集结各县（市）和 6 个兄弟地市医务工作者数千人，率先打响了疫情防控阻击战。他们坚守在最危险的封控区、管控区和防范区，与病毒狭路相逢、短兵相接，以生命赴使命、用大爱护众生。至 5 月 15 日，防控工作取得阶段性成果，学校有序恢复线下教学，各行业有序复工复产，人员安全有序返工返岗。高效"战"疫，可歌可敬，诗人特赋诗以志。

负重前行

千钧万担压双肩，未有辞愆自奋前。
但愿知音携与共，苦甘不计若当年。

注：业已及更年，肩挑重万千；男儿须直面，对处亦欣然；若有知音共，感恩缘份牵；苦甘毋计较，携手慰堂前。负重前行时，诗人有感赋诗以志。

试对古代春联

（一）
虎年开久泰；
嘉节号长春。

（二）
风吹马尾千条线；
雪掩梅梢一点红。

（三）
五云迎晓日；
举国庆新春。

注：贴春联的民俗起于宋代，盛行于明代，又在清代得以推广传承。千百年来，有三位皇帝对春联这一民俗的推广起了重要的作用。

第一位是后蜀皇帝孟昶。《宋史·蜀世家》记载：公元965年的春节，后蜀主孟昶令学士辛寅逊题桃木板，"以其非工，自命笔题云，'新年纳余庆，嘉节号长春'"。这便是公认的中国第一副春联。当时称为桃符，即后来的春联。（一）中"嘉节号长春"为孟昶出的下联。

第二位是明太祖朱元璋。朱元璋爱写春联，也大力提倡贴春联。据记载："春联之设自明太祖始。"朱元璋在金陵（南京）定都以后，命令大臣和金陵的家家户户在除夕前都必须书写一副春联贴在门框上，他穿便装出巡观赏。（二）中"风吹马尾千条线"为朱元璋出的上联。

第三位是清高宗爱新觉罗·弘历，也就是乾隆帝。乾隆帝不仅雅好诗词楹联，还是一位"骨灰级"书法爱好者。将对联与书法相结合推广，乾隆帝居功至伟。他自己也身体力行，故宫博物院藏乾隆帝御书对联近3 000副，春联是其中的重要组成部分。（三）中"五云迎晓日"为乾隆帝出的上联。

巾帼之赞话西施

孤身赤胆入东楚，范蠡鸿谋败悍吴。
西子奇勋堪铁甲，越王雪耻启宏图。

注：西施，子姓施氏，春秋时期越国人。西施与王昭君、貂蝉、杨玉环并称为"中国古代四大美女"，其中，西施居首。四大美女享有"沉鱼落雁之容，闭月羞花之貌"之美誉。其中的"沉鱼"一词，讲述的就是"西施浣纱"的故事。后人尊称其为"西子"。当时越国称臣于吴国，越王勾践卧薪尝胆，谋复国。在国难当头之际，西施忍辱负重，以身救国，按范蠡计谋被越王勾践献给吴王夫差，成为吴王最宠爱的妃子，助越霸吴。

咏怀王昭君

昭君慷慨和边塞，远嫁单于功百代。
青冢虽芜后世瞻，评书史册咏歌载。

注：王昭君，名嫱，字昭君，西汉南郡秭归人，是中国古代四大美女之一的"落雁"。昭君出塞后的几十年时间里，汉匈两家保持了友好和睦关系。呼韩邪单于附汉与昭君出塞，不但结束了匈奴多年的分裂和战乱，而且加强了双方的交流，使当时相对落后的少数民族对中原先进制度产生向往，促使一些少数民族效仿中原的制度，为中原王朝的大一统奠定了基础。青冢，即昭君墓，出自杜甫诗的一条注解"北地草皆白，唯独昭君墓上草青"，故名青冢。

下编

只有自我强大，才能争得选择权和话语权
——在 2020—2021 学年第二学期开学典礼的讲话

在这新春之际，我代表学校真诚祝福辛勤耕耘的老师们、默默付出的家长们，祝你们在新的一年里，身体健康，工作顺利，"牛"转乾坤！祝福广大二中港城的学子们，在新的一年里，学习进步，快乐成长，全面发展！特别要衷心祝福初三、高三毕业班的同学们牛年大吉，金榜题名，一举夺魁！

在过去的一年里，在二中总校的指导和广大家长的支持下，我们"二中港城人"以"秉承二中上善若水理念，全面夯实精致教育体系"为目标，全体师生齐心协力，德、智、体、美、劳五育并举，取得了优异的成绩，擦亮了我们湛江二中港城中学"精致"办学的品牌！

如今，我们又将踏上新的征程，今天的开学第一课，作为校长，我讲话的主题是"只有自我强大，才能争得选择权和话语权"。

老师们、同学们，2020 年是极不平凡且具有里程碑意义的一年，唯其艰难，方显勇毅，唯其磨砺，始得玉成。全国人民在以习近平同志为核心的党中央坚强领导下，万众一心，众志成城，取得世界瞩目、载入史册的伟大历史性成就。

我要讲的第一个观点是从一年来中国抗击疫情的成效看中国力量的源泉。

正如习近平总书记新年贺词所说："面对突如其来的新冠肺炎疫情，我们以人民至上、生命至上诠释了人间大爱，用众志成城、坚忍不拔的精神书写了抗疫史诗。在共克时艰的日子里，有逆行出征的豪迈，有顽强不屈的坚守，有患难与共的担当，有英勇无畏的牺牲，有守望相助的感动。从白衣天使到人民子弟兵，从科研人员到社区工作者，从志愿者到工程建设者，从古稀老人到'90后''00后'青年一代，无数人以生命赴使命、用挚爱护苍生，将涓滴之力汇聚成磅礴伟力，构筑起守护生命的铜墙铁壁。一个个义无反顾的身影，一次次心手相连的接力，一幕幕感人至深的场景，生动展示了伟大抗疫精神。平凡铸就伟大，英雄来自人民。每个人都了不起！"

在我国刚刚实现第一个百年奋斗目标——全面建成小康社会之时，我们已

深深体会到，党的领导、全国一心、决策英明、大国担当是我们成功抗疫的关键！

我要讲的第二点是只有科技发展才能为人民谋幸福。

在这不平凡的 2020 年，我国的科技领域一次次传来捷报，祖国一次次用研发成果刷新实力，令国人热泪盈眶。接下来，我们一起分享几个捷报：

第一个捷报是我们国家率先进入 5G 时代。在全球 5G 方案服务商中，华为、中兴、诺基亚、爱立信一路你追我赶，在 5G 市场上攻城略地。其中，华为 5G 凭借领先 12~18 个月的技术优势坐稳市场第一。

华为 5G 是全球唯一一个能够提供"端管芯"多维度协同的 5G 解决方案的企业，其所有技术均是自主研发，其低时延、稳定性好的优势有目共睹。在一些对网络要求极其苛刻的科研领域，如自动驾驶、远程手术等，华为 5G 无疑是目前最好的解决方案。

第二个捷报是我国建成世界最大单口径射电望远镜"中国天眼"。"中国天眼"是全球最大的单口径射电望远镜，球面宽度为 500 米，一举刷新了美国阿雷西博天文台保持的 350 米宽度的纪录。据国际专家评估，"中国天眼"的综合性能是阿雷西博的 10 倍，甚至还能搜寻到银河系中可能存在的外星人信号，在研究射电天文学、大气科学、雷达天文学等方面有十分积极的意义。巧合的是，在 2020 年 12 月，曾经是全球最大的美国阿雷西博天文台，一夜之间坍塌了。现在，全球有能力将测控区间由地球同步轨道延伸至太阳系的天文台，只剩下"中国天眼"了。

第三个捷报是我国建成世界首座高铁跨海大桥——福厦高铁泉州湾跨海大桥。一直以来，中国都被称为"基建狂魔"，一些海外专家团队搞不定的工程项目，在中国工程师的坚持不懈下一一实现，惊艳了全球，比如赫赫有名的港珠澳大桥。而今年，中国又为世界桥梁领域增加了一项里程碑式的工程——福厦高铁泉州湾跨海大桥。福厦高铁泉州湾跨海大桥是全球第一座高铁跨海大桥，它全长 20.3 公里，主跨 400 米，目前已经完成了封顶作业。另外，它的设计行车时速达 350 公里，刷新了世界桥梁最高纪录。

第四个捷报是我国全面建成并开通北斗卫星导航系统。1994 年，北斗项目正式启动，一开始打算和欧洲的伽利略合作，不料对方收了钱却封锁技术。中国科学院孙家栋院士一拍桌子说，这口气不能忍，我们自己做！此后我们花了 26 年的时间，研发芯片开发系统，打造出全球最精确的导航系统。

2020 年 6 月 23 日，北斗三号第 55 颗卫星顺利进入预定轨道，中国人迎来了属于自己的全球定位系统。截至今年 7 月，全球已有 137 个国家和地区与北

下编

斗系统签下了合作协议。北斗导航系统精确度可以达到 20cm 以内，远超美国的 GPS。值得一提的是，北斗系统自带短报文通信功能，当遇到极端条件手机无法使用时，可以利用该功能与外界取得联系，这也是 GPS 不具备的功能。

还有其他很多令人惊喜的进步，可以说是捷报频传：比如神威·太湖之光超级计算机首次模拟千万核心并行运算，曾连续 4 年斩获全球超级计算机 500 强第一，在国际舞台享有非常高的知名度。再比如高速磁悬浮试验样车成功试跑，设计时速 600 公里的高速磁悬浮，可以填补高铁与飞机两者之间的速度空白区间，提供更加灵活的出行方案。又如中国三代核电技术"国和一号"的成功研发。据报道，"国和一号"采用"非能动"安全设计理念，单机功率达到 150 万千瓦，能代表目前全球最先进的核电水平。还有量子计算机"九章"的成功研制，以经典的计算玻色采样问题为例，处理 100 亿个样本，"九章"只需要 10 小时，而谷歌的"悬铃木"最快也需要 20 天。此外还有中国新一代"人造太阳"首次放电，理论上只要实现可操控的核聚变反应，就可以模拟出一个"人造太阳"。最令人激动的是嫦娥五号成功采样月球样本，12 月 2 日，嫦娥五号顺利完成月球表面土壤的采样和封装，我国成为全球第三个攻克这项技术的国家，成功实现了毛主席诗词"可上九天揽月"的伟大愿景。当鲜艳的五星红旗在月球表面飘扬的那一刻，无数国人热泪盈眶，这一刻等太久了。

回顾 2020 年，中国在科技领域的成果让国人充满自信和底气，一代又一代科学家的无私奉献让中华民族挺起了脊梁，让我们向伟大的中国科研工作者致敬！

我今天讲的第三点是关于一带一路和人类命运共同体。由于时间关系只能略讲。

现在我国与沿线各国在交通基础设施、贸易与投资、能源合作、区域一体化、人民币国际化等领域深度合作。一带一路战略是我国构筑国土安全发展屏障，摆脱以美国为首的国家的不平等国际贸易谈判，寻求更大范围资源和市场合作的重大战略，被称作"世纪大战略"。

关于人类命运共同体，是在世界正经历百年未有之大变局之际，由习近平总书记提出的。当前，新冠肺炎疫情全球大流行加速了国际格局演变，世界进入动荡变革期，但和平与发展仍然是时代主题，各国人民求和平、谋发展、促合作、图共赢的期待更加强烈。习近平总书记着眼世界发展方向和人类前途命运，提出构建人类命运共同体和新型国际关系的重大倡议，拓展深化新时代多边主义理念和实践，赢得国际社会高度赞誉和广泛支持。

第四点讲一讲中美贸易战。美国为什么要对中国发起贸易战呢？是因为美国认为中国挑战了其世界霸主地位，美国想遏制中国崛起，所以主动打起了贸易战。而且，美国精英层有一个战略判断：认为美国要遏制中国，机会在未来五年之内。如果过了五年，就遏制不了了。因为五年之后，中国的很多科技都能自主发展，不再依赖美国。

美国对中国发起贸易战，表面看是贸易战，其实是全领域的战争。首先是高科技战。攻击目标从中兴到华为，美国在攻击中兴时，很顺利，基本达成目的。然后转而进攻华为，结果遭到强烈反击，华为因为提前预见了未来，准备好了科技替代品，使美国不得不妥协。其次是关税战。关税战的目的是打击中国出口，美国靠虚拟经济发财，因此不怕关税战。如果中国打击美国的虚拟经济和服务经济，也可使美国经济受损。所以经济战是一把双刃剑，伤人也伤己。第三波攻击是香港的颜色革命。这是一场金融战，其目的是打击中国的金融市场。因为香港是中国资本进出口的主要通道之一，扰乱香港，可以迫使进出口的资本避险，破坏中国金融稳定。第四波攻击就是政治战。美国政客已经完全撕下了伪善的面具，妄图颠覆中国的政治体制。美国无视国际规则，奉行单边主义、保护主义，遏制全球化。他们抱着"怨妇心态"，无视美国自身问题，认为中国的崛起是以大量牺牲美国利益为基础的，这种观点荒唐得令人发指。

自古云：得道多助。中国沉着冷静、有理有节地应对美国发起的贸易战，得到了世界各国的高度赞赏，在全世界民众心目中树立起了更鲜明的负责任的大国形象。

西方世界的围堵打压，成就中国的伟大。让我们回想一下，中国从抗美援朝扬国威，到核武器特别是两弹一星立大国地位，再到大飞机、航天梦、航母梦的实现，到如今有了中国芯，这些都是在艰难环境下取得的，我们不惧打压，坚韧不拔，自立自强。这些正是我国能在世界上赢得尊重，敢于发声的底气所在！

我想强调的第五点是爱国首先是爱己，强国的最好方式是强大每一个人。由国及家及每个人，只有强大自己才能争得选择权、话语权。国家如此，集体也是如此，个人更是如此！

今天，作为中学生的你们，正面临中考、高考，也是选择人生方向的关键时期，这个时期如何做才是爱国呢？我想最好的方式就是努力学习，全面发展。只有扎扎实实打好基础，练好本领，成就最好的自己，才能真正做到报效祖国！

老师们，家长们，同学们！湛江二中港城中学是福地，面朝大海，春暖花开。都说一年之计在于春，春天是播种的季节，愿大家播种希望，收获喜悦！这正是"天时、地利、人和"高度统一的时候。只要我们全体师生、家长共同努力，在拼搏中前行，在砥砺中成长，不懈奋斗，一定能实现青春梦想！"二中人精神"一定会在我们港城中学发扬光大！每一个人都将成为有梦想、敢担当的时代新人！

最后我送老师们、同学们一首诗，并与大家共勉：

不负青春

港城学子精神抖，不负青春素养修。

唯愿师生常互勉，人生最美育才优！

不忘初心，牢记使命
——在庆祝中华人民共和国成立70周年快闪活动上的讲话

同事、同学们：

为庆祝中华人民共和国七十周年华诞，我们全体师生参与的大型快闪活动"我和我的祖国"，其气氛和效果都很好！

今天，我讲话的题目是《不忘初心，牢记使命》。

五千年华夏文明，一路风雨一路行！中华民族曾有过向世界开放、国力强盛的汉唐辉煌。回眸历史，张骞出使西域，玄奘西行取经，鉴真东渡传道，直到明朝的郑和七下西洋……我们的祖先曾让中国走向世界，让世界认识中国。大开放迎来大发展，四大发明曾一度是我们的自豪！

但是，到了近代，中国的封建统治者妄自尊大、闭关锁国、思想僵化。中国脱离了世界，世界甩落了中国。我们永远不能忘记：鸦片战争、八国联军侵华、《马关条约》和《南京条约》的签订、"九一八事变"、十四年抗日战争……太多太多的苦难，太多太多的枷锁，中华文明衰落了！

东方巨龙，你怎么了？东方巨龙，你为什么不怒吼？多少国人志士在苦难中奋斗无果。

可幸的是，中国共产党引领中国人民浴血奋战，建立了中华人民共和国，巨龙从此腾飞。1949年10月1日，毛主席庄严宣告："中华人民共和国成立了！中国人民站起来了！"这就是时代的最强音，它唱响了全世界！屈辱的历史一去不复返！

伟大的中华人民共和国，用了70年，走完了发达国家几百年走过的发展历程。从"两弹一星"到5G通信，中华人民共和国取得的巨大发展、成就令我们无比骄傲和自豪。特别是改革开放40多年来，中国特色社会主义有了"四个自信"，成为世界争先学习的"中国方案"，如今我们走向了国富民强！

梁启超在《少年中国说》中这样说："少年智则国智，少年富则国富，少年强则国强，少年独立则国独立，少年自由则国自由，少年进步则国进步，少年胜于欧洲，则国胜于欧洲，少年雄于地球，则国雄于地球。"这也是我们教育的初心！

同学们，辉煌的成就已是过去，中国的未来属于我们，伟大的时代更需要用梦想灯塔，需要以梦想为激励所有人一起奋斗，这个梦想就是实现中华民族伟大复兴的"中国梦"！

中国梦的本质是国家富强、民族振兴、人民幸福，这也是我们广大学子必须时刻牢记的历史使命！

习近平总书记说过，"广大青年既是追梦者，也是圆梦人。追梦需要激情和理想，圆梦需要奋斗和奉献。广大青年应该在奋斗中释放青春激情、追逐青春理想，以青春之我、奋斗之我，为民族复兴铺路架桥，为祖国建设添砖加瓦"。请习近平总书记放心，我们的学生作为新时代的青少年，一定会牢记嘱托，也一定能"不忘初心，不辱使命"！

最后，我填词一首，与大家共勉！

满庭芳·沧桑巨变

华夏文明，屹然东土，几千载位尊崇。清代腐朽，庸政滞科工。终受列强凌辱，久战乱、积弱贫穷。党旗举，驱除虏寇，引领九霄冲。

腾飞新中国，一星两弹，至伟奇功。励精图治，天地易新容。改革创新智造，苍穹探、量子神通。宏图绘，和谐发展，圆梦诉情衷！

开展"精致教育"实践研究的背景、目标和意义

创建"精致教育"特色学校,是对《国家中长期教育改革和发展规划纲要(2010—2020)》(以下简称《纲要》)的具体实践。2010 年 7 月 29 日,国家正式颁布了《纲要》。《纲要》指出:"加强教育宏观政策和 发展战略研究,提高教育决策科学化水平。鼓励和支持教育科研人员坚持理论联系实际,深入探索中国特色社会主义教育规律,研究和回答教育改革发展重大理论和现实问题,促进教育事业科学发展";"建立以提高教育质量为导向的管理制度和工作机制,把教育资源配置和学校工作重点集中到强化教学环节、提高教育质量上来";"创造有利条件,鼓励教师和校长在实践中大胆探索,创新教育思想、教育模式和教育方法,形成教学特色和办学风格";"创新人才培养体制、办学体制、教育管理体制,改革质量评价和考试招生制度,改革教学内容、方法、手段,建设现代学校制度。"这就要求我们在教育教学管理中,要强化创新意识,认真研究分析本校的实际情况,积极探索适合本校发展的学校管理模式。

一、开展"精致教育"实践研究的背景

1. 培养"全面发展的人"是教育改革的核心工作

早在 20 世纪 80 年代,为适应新时期改革开放与社会主义现代化建设事业的需要,"素质教育"作为我国教育发展的基本战略思想被提出。2016 年 9 月 13 日,受教育部委托,北京师范大学联同国内高校近百位专家共同组建的"中国学生发展核心素养"课题组,正式发布权威研究成果——《中国学生发展核心素养》。这份报告在科学认知学生身心发展规律的基础上,以科学、专业的思考指出了未来人才培养的目标与方向,提出"核心素养"的育人目标体系,即以培养"全面发展的人"为核心。

2. 精致教育是品牌建设学校发展的必然选择

2013 年,学校提出"致力提升学生核心素养,用工匠精神打造质量一流、

特色明显、品位高雅的示范性学校"目标，倡导以"修品行、善学习、强体魄、美志趣、有梦想、敢担当"为育人目标，深化"乐学善教、合作探究"的教改理念，通过推进特色文化建设、团队建设、班级建设、特色教育等，提升服务质量和管理水平。

"精致教育"的实践研究根据国家政策、教育方针，以及学校自身发展的需求，遵循教育教学的规律。学校提出了创新学校治理的模式，全面提升学校师生的核心素养，全面构建"精致教育"理论体系的要求。

3. "精致教育"是学校自身发展的要求

学校通过了近十年的发展，已由原来的几百人发展成为具有85个教学班，4 000多人的规模。以往的老一套教育教学管理模式已远远不能够满足学校自身发展的需要，各方面的矛盾制约着学校的进一步发展。不管是学校的管理制度、德育建设，还是学校的教学教研、校园文化特色的建设，都需要有更高效发展的理念引领。"精致教育"理念的推行，是家长及社会对优质学位的需要，也是学校品牌发展的必然要求。

"精致教育"理念与《中国学生发展核心素养》包含的"文化基础""自主发展""社会参与"三层面，以及"人文底蕴""科学精神""学会学习""健康生活""责任担当""实践创新"六大素养相一致。

为了推进构建"精致教育"的理论体系，学校开展多项课题研究。通过市重点课题"构建中学生文明素养养成体系"，从德育方面进行"精致教育"理论的阐述；通过省级课题"教育现代化背景下的'三环五步'精致课堂教学高效模式研究"，从教学教研方面进行阐述；通过推进"本土文化特色——版画和版画藏书票特色发展项目"，从学生的素养、"精致活动"的角度来对"精致教育"理念进行阐述。各大课题及项目为"精致教育"理念的完善打下了基础。

2017年后，学校以"精致教育体系的构建与实践"作为名校长工作室的工作方向和发展特色。在此基础上，通过开展"基于核心素养下的'精致教育'实践研究"，由学校老师、处室部门和"三名"工作室进行子课题的行动研究，努力打造一个全新的"精致教育"理论体系，落实"立德树人"这一理念和实现发展学生核心素养的目标，全面打造精致办学的品牌。

二、"精致教育"概念和研究现状

1. "精致教育"概念的界定

"精致"，从字面上来解是"精到极致"，是着眼于细处的目标之精确合

教育本心

理、内容之精准有效和方法之精巧高效。我们推行的"精致教育"，就是围绕"立德树人"这一教育根本任务，以"为党育人、为国育才"作为教育者的初心使命，对照发展学生核心素养的要求，高质量培养"全面发展"的人。"精致教育"主要从"精致教学""精致德育""精致管理""精致教研""精致活动"五方面开展教育管理实践。

2. 国内教育研究的现状

在现代教育背景下，各学校都在谋求自身学校的特色发展及美好的愿景，各类学校都有其规划，学校的改革势在必行。衡水中学、毛坦厂中学、杜郎口学校、洋思中学等虽然都有各自的特点，但它们也有许多共性，其中最突出的就是管理细致，以教学改革为突破口。而我校的"精致教育"与其有共同点，更有自己的创新做法，一是全面性，以切实提高师生素养为目标，以"精致办学"为主线，贯穿学校各方面的规划；二是分点突破，再合而推进，使之形成"合力"，全面推进，逐步深入。

3. 本校教育研究的基础

我校于 2015 年就进行了学校各部门纵横式结合的管理，收到了很好的效果，为"精致管理"打好了基础。2017 年完成了"初中学生文明素养养成教育研究——以湛江二中港城中学为例"的德育课题，为"精致德育"的完善做好了准备。2018 年完成了"教育现代化背景下的'三环五步'精致课堂教学高效模式研究"教学教研课题，为"精致教学教研"体系的完成奠定了基础。多年社团课程的建设、社团活动的开展，为"精致活动"积累了经验。再加上省、市"三名"工作室力量雄厚，无论是从学科专业上来看，还是从教育教学管理来说，都是学校的佼佼者，具有丰富的教育教学管理经验，为课题的推行提供了更大的可能性。总而言之，各方面的研究现状为学校的"精致教育"做好了准备。

通过此课题研究，"精致教育"理念将成为学校有效德育、高效课堂教学改革、学校管理、文化建设、教师专业成长、教育教学质量提高、学生核心素养提升等方面的内驱动力。

三、开展"精致教育"实践研究的目标和意义

1. 研究的目标

"精致教育"是家长及社会对优质学位的需要。我校处于霞山滨海人口密集区，学生与家长素质相对较高，但人员较多较杂，对优质学位的需求更高。

"精致教育"围绕"立德树人"这一教育根本任务，根据学校"修品行、善学习、强体魄、美志趣、树理想、敢担当"学生发展目标，发展学生核心素养，培养"全面发展"的人，能够更好地满足广大家长及社会的需求。

通过实践研究探索出一套操作性强的"精致教育"学校构建、运作、评价模式，构建"精致教育"的理论体系，为学校管理提供新的途径，创新学校治理的模式，全面提升学校师生的素养。

总体目标分解为以下分目标：主要从"精致教学""精致德育""精致管理""精致教研""精致活动"五方面抓落实。通过"精致教学"的实践，提高常态课的教学质量，构建一套基于常态课的高效课堂教学模式。通过"精致德育"的探索，构建一套涵盖学校、家庭和社区教育的立体德育模式。通过"精致管理"的实践，提升集体凝聚力，细化学校层面、年级层面、班级层面和个人的有效管理方式。通过"精致教研"的行动研究，引领老师专业成长。通过"精致活动"，发展学生社团，弘扬传统文化，创建学校文化特色。

通过以上的教育实践，努力使学校师生和谐发展、师生素养全面提升。"精致教育"根据"立德树人"的教育根本任务，创新教育管理的新方式，促进教师教育教学观念的转变，从而促进师生核心素养的提升。通过开展实践，探索一套操作性强的学校运作管理评价系统、一套学生文明习惯养成的评价系统、一套学科教学高效模式及评价系统和一套结合自身特色的校园文化建设方案。

2. 研究的意义

"精致教育"为学校管理提供新的途径，创新学校治理的模式；"精致教学"即以"三环五步"精致课堂模式来加强提高常态课教学质量；"精致德育"从学生的文明习惯养成方面入手培养学生的能力，提高其思想素质；"精致管理"对学校内部管理进行了纵横式相结合的管理新尝试；"精致教研"以"三名工作室"为领头雁，以课题科研为切入口，努力提高教师核心素质；"精致活动"更以打造学校特色校园文化为方式来进行研究。

通过全面开展"精致教育"实践，让学生精神面貌得以改善，每一位学生都能扬起希望的风帆，成为素质教育的受益者；让老师教育理念得以转变，每一位教师都能领略育人的乐趣，成为素质教育的引领者；让学校办学质量得以提升，每一位家长都能享受子女成才的喜悦，成为优质教育的收获者。真正实现"学生素质与成绩齐飞，学校质量与特色并进"。

[本文节选自《基于核心素养下的"精致教育"实践研究》（湛江市中小学教育科学"十三五"规划重点课题）]

践行"精致教育"理念，构建全面育人体系

一、"精致教育"理念的提出

近年来，我们由一所基础薄弱的学校发展成为大规模完全中学，老一套教育教学管理模式已不能满足学校发展的需要，亟待新理念作引领。

根据陶行知"社会即学校"思想，主张形成"家庭教育、社会教育在内的大教育体系"，提倡"六大解放"，全面培养学生的创造力①。《国家中长期教育改革与发展规划纲要》（以下称《纲要》）指出，要"创造有利条件，鼓励教师和校长在实践中大胆探索，创新教育思想、教育模式和教育方法，形成教学特色和办学风格"②。这就要求我们必须认真研究分析本校的实际情况，强化创新意识，积极探索适合本校发展的学校管理模式。

为此，我们提出以培养"全面发展的人"③为核心，创建"精致教育"特色学校。这正是对《纲要》和陶行知的"创造教育思想"的具体实践。

学校确立"致力提升学生核心素养，用工匠精神打造质量一流、特色明显、品位高雅的示范性学校"的办学目标，倡导"修品行、善学习、强体魄、美志趣、有梦想、敢担当"的育人理念，深化"乐学善教、合作探究"的教改理念，推进特色教育，提升服务质量和管理水平。

"精致教育"理念继承了陶行知先生"六大解放"创新教育方法，涵盖了《中国学生发展核心素养》界定的"文化基础、自主发展、社会参与"三个层面，并与"人文底蕴、科学精神、学会学习、健康生活、责任担当、实践创新"六大素养发展方向相一致④。

---

① 何丹. 陶行知的教育思想［M］. 长春：吉林文史出版社，2014.
② 教育部. 国家中长期教育改革和发展规划纲要（2010—2020 年）［S］. 2010.
③ 教育部. 教育部关于全面深化课程改革落实立德树人根本任务的意见［S］. 2014.
④ 教育部. 中国学生发展核心素养［S］. 2016.

二、以"精致教育"理念为核心开展课题研究

为构建"精致教育"理论体系，须开展多项课题研究，包括开展"中学生文明素养养成体系研究"，改进德育方法，开展"'三环五步'精致课堂教学模式研究"，探索教学高效模式；推进《本土文化特色发展项目研究》，发展学生特长，提升学生素养，从而搭建"精致教育"框架。

近年来，学校以精致教育体系的构建与实践作为学校管理重点，开展"基于核心素养下的'精致教育'实践研究"，并由广大老师特别是"三名"工作室开展子课题研究，构建"精致教育"理论体系，全面打造精致办学品牌。

三、"精致教育"全面育人体系的构建

陶行知倡导新教育的目的是要培养"自主、自立、自动"的合格国民，"捧着一颗心来，不带半根草去"。结合新教育思想的"精致教育"，以培养适应未来社会发展需要的人才为目标，根据学校的育人理念，对接总校"上善教育""成才先成人"的教育理念，落实"立德树人"的教育根本任务，全面提升师生核心素养。

"精致教育"从五个维度展开。一是通过"三项六阶"家校合作构建"精致德育"体系；二是探索"三环五步高效课堂模式"构建"精致教学"体系；三是建设"三名工作室"引领"精致教研"；四是彰显"优秀+特长"特色打造"精致社团"；五是强化"责任与担当"意识实现"精致管理"，如图1所示。

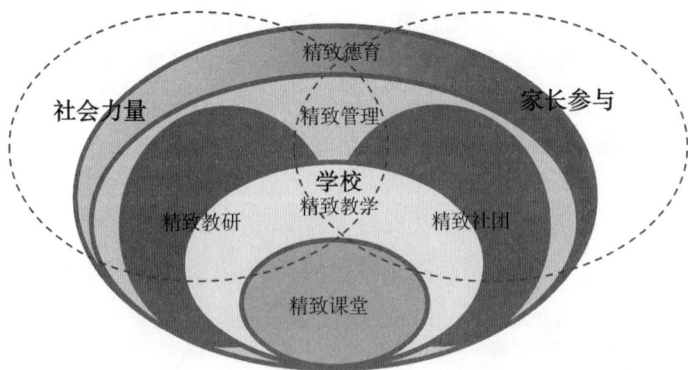

图1　精致教育体系

（一）"精致教学"

"精致教学"就是通过"三环五步精致课堂教学法"，抓住课堂教学的本质和核心，从提高常态课的精致程度入手，注重学生学习主体意识的培养。

"三环五步"以"在教学主题的提炼上体现精练深刻，在教学内容的整合上体现精当合理，在教学方法的设计上体现精巧有效"为原则，要求学生先完成《自读设计》，并进行自主学习和小组交流，老师利用《讲读设计》课件进行导学。课堂教学结构的改变，从根本上去除"我说你听"的"满堂灌、一言堂"的弊端，从而实现课堂教学效益的最大化。课堂结构如图 2 所示。

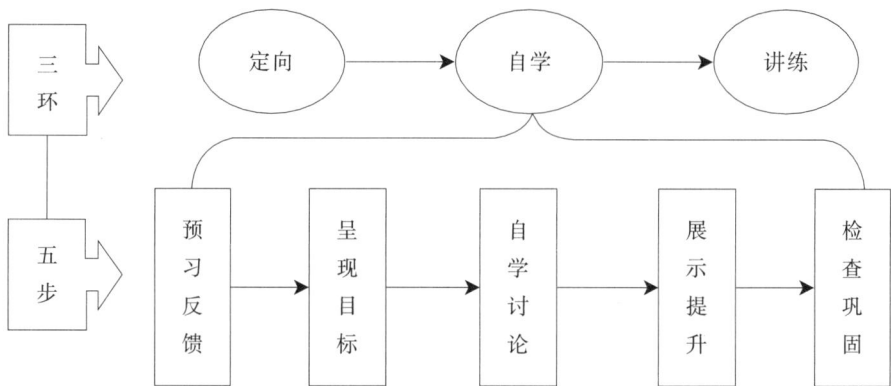

图 2 "三环五步"课堂结构

（二）"精致德育"

"精致德育"就是坚守以学生的发展为根本原则，从学校教育、家庭教育和社区教育构建德育工作立体框架，坚持"让优秀成为习惯"和"进步就是优秀"的理念，在实践中以养成教育、"三情"教育、自信教育为主要内容的"三项教育"家校共育模式。

个人的行为习惯、生活习惯和思维习惯将决定一个人起点的高低。规则意识、感恩意识、责任意识是"三项教育"不同阶段的具体目标。通过养成教育，培养良好行为习惯，强化规则意识；通过情感教育，培养高尚情操，强化感恩意识；通过自信教育，培养理想信念，强化责任意识。

（三）"精致教研"

"精致教研"以名校长、名师、名班主任工作室为领头雁，以问题研究为导向开展行动研究，切实解决教学与管理方面的问题。

教研源于教学，"三名工作室"以课题研究为契机，围绕课题搞研究，围绕课题抓教学，以研兴教，以教促研，促进教师素养的提升。为了提高教研能力，学校开设课题选题、论文写作等系列专家讲座。通过专家引领，激发自主发展意识，提升教研能力，促进教师专业成长和学校发展。

（四）"精致社团"

"精致社团"要根据学校"优秀+特长"的办学特色，本着"给学生多一个舞台，就多一个成长机会；给学生多一个评价标准，就多一批优秀学生"的理念开展丰富多彩的学生社团活动。

学生社团活动由团委和学生会统筹，对照艺术教育特色学校和优秀传统文化传承学校要求，把社团兴趣活动作为学校美育课程来开展，形成特色校本课程，并将其与每年举办的艺术节、体育节、社团文化节和师生联欢晚会结合起来，让学生的兴趣真正得到发展和落实。

（五）"精致管理"

"精致管理"要对照"追求精致，臻于至善"办学目标，将纵向管理与横向管理有机结合，实行校长领导下的双线管理，力求管理高效。

"精致管理"的关键是充分发挥学生的主人翁精神，细化班级管理，打造以提升班集体凝聚力为重点的班级文化，全面推进以"合作学习小组"建设为重点的学生自我管理方式。

四、打造"名师工程"，唱响"精致教育"品牌

教育需要传承，成长需要帮扶。学校依托省、市"三名工作室"，以"精致教育"的实践推动教师队伍建设，围绕重点课题"核心素养下'精致教育'实践研究"开展系列子课题研究，结合"走出去、请进来"等方式培养业务骨干，打造"名师工程"。一大批青年教师快速成长，师生"精、气、神"发生质的变化。同时通过组织示范课、专题讲座、经验交流、教育论坛等形式发挥示范辐射作用，促进、引领全校教师其至本区域的中小学校长、教师、班主任专业成长，在区域内形成"人人谈精致、人人学精致、人人实践精致、人人研究精致"的良好局面，唱响"精致教育"品牌。

浅谈优化中学生文明习惯养成教育的原则和路径

文明习惯养成教育其实就是人们在公共生活中，按照社会公德对生活中的道德关系进行处理的过程，需要遵守相关的生活准则，这是公民必须具备的一种能力。习惯其实就是在不断地练习和实践过程中，形成的一种固化的行为方式。优化养成教育就是通过丰富的教育活动让学生形成良好行为习惯的过程。

下
编

一、中学生文明行为习惯养成教育的指导性原则

想要有效的培养学生的行为习惯，需要以学生的思想品德形成及身体成长规律为依据，这样才能让学生得到全面的发展。应该将实际作为出发点，这样才能使得效果更加理想化。

1. 活动化原则

对于学生行为习惯养成教育的加强，需要将"小、细、实"的要求进行有效的落实，教师应该以学生各方面的特点，让学生的行为习惯更加的具体化、活动化，让学生在各项具体的活动中获得体验，加深理解。在组织活动过程中，参照《中小学生守则》和《学生日常行为规范》的各项内容开展有针对性的活动。

2. 主体化原则

学生主动地位的明确，在行为习惯养成中起着关键性的作用，让学生在不断地学习生活中成为"组织者、参与者、实践者和总结验证者"，期间，老师应成为活动的顾问与导师，让文明素养在同龄人的活动与分享、体验与交流中得到提升，从而帮助其养成良好的习惯，纠正不良习惯，促进学生的发展。

3. 学段化原则

应该以青少年的发育、认知规律和不同学段的特点为出发点，对行为规范和要求进行合理的引领。在对教育内容进行安排时，应该让年级的层次性得以体现，如初一学年侧重行为规范的"养成教育"，初二学年侧重责任与担当的"成长教育"，初三学年侧重自信自强的"成才教育"，使得教育具有连续性，

从而循序渐进地开展更有规律性和时效性的教育。

4. 鼓励性原则

教育必须科学运用各种鼓励手段，并使它们有机结合，从而最大限度地激发不同学段学生的上进心。按照"上善若水"的传统理念，培养德才兼备的人，倡导"让优秀成为习惯"和"让进步成为常态"理念，以"进步就是优秀"的标准，鼓励既要"学业优秀，学习进步"，更要"全面优秀、全面进步"，如通过推评周、月度、学期的班级"文明之星"，评选表彰学校"最美学生""美德少年"等，树立多层次先进典型，并为之撰写颁奖辞，颁发具有纪念意义的奖状，传扬正能量。

二、中学生行为习惯养成教育的优化路径

正确的人才观都认同"德育为首"。育人先育德，然而德育不只是学校德育处和班主任的工作，更是广大家长和全社会的责任，提倡"人人都是德育工作者""处处都有德育""事事都能德育"，这需要学校、家长与社会三方密切配合才能实现。

1. 优化学校教育主阵地

作为学校，建立相关规定制度的同时，要对其不断地进行完善，把所有教师的工作积极性调动起来，让教师充满责任感，让教师的德育工作者的意识得到提升，让教师们真正认识到在学生行为习惯养成教育中教师的重要性。

（1）课堂教学是学校德育的重要阵地。课堂教学中的德育是学校教育的基础，也是最根本的育人工程。课堂教学能在有限的空间和时间内集中传递古今中外、不同国家、不同民族、多种多样的精神文明的内容，因而课堂能够提供学生成长各个过程中所需要吸收的精神文明营养。

一方面，教师可根据本学科的特点，通过对学科教育教学资源的充分运用，培养学生正确的学习、生活和作息习惯等，引导学生正确的礼仪、语言和表达习惯等，启发学生正确的预习、复习的读书习惯等。另一方面，各学科还可以指导学生分成若干研究性小组，探讨将本学科知识融入社会、融入生活，开展实践性小课题研究，培养"学以致用"习惯等。

（2）学校活动是学校德育的主要渠道。青少年是儿童到成人的过渡时期，不仅是长身体、长知识的关键时期，还是形成正确人生观，培养社会主义核心价值观的最重要时期，这个时期最适合开展有序列性的综合性实践活动，特别是开展走进社会的系列主题活动，能将学习与活动主题结合起来，深化教育内

涵。同时可通过组织"体会分享"等活动，扩大教育效果。

（3）学生社团是学校德育的一个环节。中学生社团是学校实施素质教育、传承和培育校园文化的重要途径，是提升中学生综合素质、培养学生实践和创新能力的有效方式。丰富多彩的社团活动将给学校德育建设增添新的活力，促进校园文化向多渠道、多层次、高质量方向发展，更能提高学生团队合作意识，助力学生特长的发展。尤其是如弘扬传统文化类的诗歌社、合唱团、曲艺社、民乐团、汉服社等文化艺术类和环保社、青年志愿者等综合类的社团，在培植学生文明素养上能发挥很大的引领作用。

2. 优化家庭教育

家庭教育是在家庭环境下，以亲子关系为核心，以培养健康孩子成长、全面发展和适应社会为目标而进行的教育活动，是在人的社会化进程中，家庭对个体产生的影响。

（1）办好家长学校很重要。要发挥家长学校的作用，对家庭教育加强宣传力度，对家庭教育知识进行普及，对家庭教育的成功经验进行进一步的推广，引导学生的家长树立一个正确的教育观念，向全体家长倡导"我与孩子一起成长"的理念，与时俱进地更新家长的教育理念和教育方式，让家长了解和掌握有效的家庭教育方法，从而使其在教育子女特别是培养孩子文明素养方面的能力得到提升。

（2）教师家访制度要完善。信访、电访或微信互动虽然可作为家访的有效补充形式，但不能完全代替家访，不能达到老师、家长和孩子在其生活的家中面对面交流真实情况这种直达内心的效果；一次成功交心式的家访，会在孩子及家长内心留下永远的深刻印象。通过家校联动，老师多和学生、家长进行沟通、交流，对学生的家庭背景等有一个全面的了解，才能使得养成教育的针对性真正地得以实现。

（3）构建和谐家风育贤人。古往今来，家庭从来都是社会文化的基石，家长对子女的教育影响着传统文化的传承和发展。家庭教育应该把"孝"放在首位，正所谓"百善孝为先"；家庭必须倡导节约，防止奢侈是中华民族的优良品德，正所谓"俭，德之共也；奢，恶之大也"；家庭还要倡导"读书明理"理念，世称"家风大师"的曾国藩不主张读书求仕，他只希望子孙通过读书懂得道理，做一个勤劳节俭、不怕劳苦、乐观向上的君子。只有构建和谐的家风，家庭教育才可成为"有源之水"。

3. 优化社会教育

《国家教育事业发展"十三五"规划纲要》明确提出要建设学习型社会，

社会教育资源在支撑、推动学习型社会建设方面发挥了积极作用，这是我国科教兴国战略的重要组成部分。

（1）拓展社区教育途径。社区的人力、文化及物质环境等是重要的教育资源，对社区教育资源的组织和开发将对学校教育和提升学生综合素养产生有力的推动作用。要根据课程的综合实践活动要求，通过社会这个大课堂，对学生的文明行为习惯进行有效的培养，让学生能够树立公民意识，自觉遵守公共秩序，做一个文明、礼貌的好公民。

（2）鼓励学生参加社会服务。既要主动争取社区等方面对学校教育提供的支持，通过对现代信息网络技术的合理运用，对一切利于学生成长的良好因素进行积极的调动，给学生营造一个良好的养成教育外部环境，更要让学生参与到社区服务实践中去，让学生在活动中体验其社会主体角色，树立服务意识，体验责任担当的意义，提高新时代青少年文明素养。

三、结束语

想要让学生养成良好的行为习惯，不能一蹴而就，需要一个长期的过程，需要教师对学生进行正确的指导，需要家庭及社会的大力支持。对于学生来说，只有一个好的教学方法才能让学生形成良好的行为习惯，只有学生对习惯非常熟练，才能在生活中随时运用，这也是学生的一种本性。因此，教师应该通过各种有效的方法让学生形成良好的行为习惯，这对学生以后的发展有着十分重要的意义。

五育并举强素养，家校共育求实效

——2022 年春家长大会上的讲话

家长、同事们：

近年来，我们学校坚持以"修品行、善学习、强体魄、美志趣、树理想、敢担当"为学生发展目标，以"追求精致、臻于至善"为宗旨，以"乐学善教、合作探究"为导向，提出并践行基于核心素养的"精致教育"理念。

"精致"，着眼于细处的目标之精确合理、内容之精准有效和方法之精巧高效。我们推行的"精致教育"，围绕"立德树人"的教育根本任务，以"为党育人、为国育才"作为教育者的初心使命，对照发展学生核心素养的要求，高质量培养"全面发展"的人。

我们秉承"优秀＋特长"的二中办学特色，坚持"多一个舞台，多一批优秀学生；多一种评价标准，多一批优秀学生"的二中理念。在"精致教育"的实践中，也已产生了一批教育教学成果。

下面我的讲话分两部分：一是"精致教育"理念在六个方面的实践效果，二是"精致教育"理念下"家校共育"习惯养成方面的做法。

一、"精致教育"理念在六个方面的实践和成效

过去一年，我们以"秉承二中'上善'理念，夯实港城精致教育"为核心开展工作，五育并举，办学成效显著。

（一）坚持德育为首理念，"精致德育"有突破

一是坚持"活动育人"，将立德树人、思想建设、核心价值观践行和意识形态工作等落到实处；完善了"三项六阶层进——家庭教育、家校互动、亲子教育活动"体系，发挥好"广东省家庭教育指导品牌项目"的辐射作用；成立了姜先磊老师、李培静老师、刘向锋老师三个"港城中学名班主任工作室"，带动和引领年轻班主任成长。

二是邀请了省内外专家到校指导，德育队伍培训达 300 多人次，王海波老

师再次被评选为湛江市"名班主任"工作室主持人，发挥了带动辐射作用，先后有河源、茂名、阳江、广东省师德师风建设专项项目等地市"三名工作室"团队，以及"名班主任"工作室团队来校交流。

三是德育队伍质量上台阶，工作室成员成长快。李琼、蔡文念、高庆鑫等老师先后开展班级文化、小组建设等讲座，指导学生参加湛江市"第六届中小学生学宪法 讲宪法"知识竞赛，荣获第一名。在湛江市国防杯演讲比赛中，高二5班曾宇涛勇夺一等奖。蔡文念老师参加湛江市班主任技能大赛，荣获一等奖，至此，我校连续三届均获湛江市一等奖。赖玉琳老师被评为湛江市优秀班主任，李琼老师获评为广东省"百千万人才工程项目"班主任培养对象。

学校立项了湛江市德育课题"学校德育视阈下提升初中生家庭获得感研究"，并获评为广东省文明校园先进单位、湛江市性别平等教育示范学校。

（二）坚持以教学为中心，"精致教学"出成果

坚持以"精致课堂"为抓手，分层教学，因材施教，落实精致备考，提升教学质量，我校中考成绩突出，亮点纷呈，高分层各分数段人数及比例均居霞山片区第一，包揽前3名，前10名我校占8人；英语等6个学科获得市单科第一名，单科满分超201人次；超过二中录取分数线达206人（不含回原籍考试的学生），90%以上学生超过湛江市省一级学校（第一批次）录取分数线。高考有4人达到高分层分数线，超额完成市本科指标，达标率居湛江市前茅，实现了低进高出。

下半年全面贯彻落实"双减"政策，一是立足精致，狠抓落实，以"六会、五查、三联、两榜、一谈"等方式进行全员备考、全程备考。二是全程联动，优化管理，调整了教学管理制度，规范了作业布置，缩短了学生在校时间。三是加强锻炼，增强体质，增加了晨跑，加强体育锻炼的指导，制定了新的考核评价标准。四是减时增效，减负提质，调整了作息时间，确保学生每天有充足的睡眠，规范教师的课后服务时间和落实课后服务的相关内容，在学科辅导和兴趣提升等方面作出了有针对性的解决方案。五是加强督导，提升效益，实行"五课"（骨干教师示范课、精致教学探讨课、新教师汇报课、每天的随机抽课和相互交流推门课）管理制度，教学教研部门通过教学督导组的随堂听课形式，加强对教师课堂管理的及时管控，提高课堂效率，推进课堂改革。

（三）"精致教研"骨干引领，技能比赛促成长

组织学生参加理、化、生学科的省、市实验课比赛，推选骨干教师参加第三届湛江市青年教师教学能力大赛，组织教师参加省市"双融双创"比赛，协调师生参加"小小科学家"等省、市比赛活动。陈丽娜老师荣获第三届广东省青年教师教学能力大赛一等奖；陈玉玲、许秋凤等一批老师获湛江市一等奖、二等奖；刘翠平等13名老师获湛江市双融双创大赛一、二、三等奖；许瑞恩、尤小蓉和李琼老师通过遴选成为广东省百千万名教师培养对象，他们分别是初中文科名教师、初中理科名教师和初中名班主任。

我校拥有新一届省市"三名工作室"主持人11人，其中省级工作室2个，市级工作室8个，省百工作室1个。我校被评为广东省基础教育初中英语和高中生物教研基地项目的基地学校。这将为广大老师的专业成长提供极大的便利。

（四）发展体育、美育特长，"精致活动"显特色

体育、艺术、信息、劳技等学科充分彰显学校"优秀＋特长"办学特色，按照"活动育人"的要求，探索我校体、美、劳教学教研特色，打造特色科组。充分利用早读时间开展跑操活动，确保学生每天一小时体育活动，提高学生体质水平。中考体育平均分68.7分，实验班体育平均分高达72.75分，其中初三13班、8班的体育平均分都在75分以上。

近年来，社团活动作为港城校园的一道亮丽风景线，涌现版画社、科技社、羽毛球社、舞蹈社、摄影社、合唱团等一批优秀社团，培养了大批优秀学生。比如在刚刚结束的第七届中小学生艺术展演中，版画社、摄影社、科技社作品荣获省一等奖；合唱团、舞蹈社荣获市一等奖；在2021年湛江市中小学生羽毛球锦标赛暨广东省学校羽毛球联赛（湛江站）中羽毛球社荣获市第一名，省第四名的优异成绩。还有一大批热爱版画、舞蹈、器乐、唱歌、广播演讲的同学在省、市级比赛中也均获优异成绩。在不久前结束的湛江市国防杯演讲比赛中，高二5班曾宇涛勇夺一等奖，紧随二中总校的陈欣怡学姐，分列全市第一、二名。

最近，游泳队在省中学生游泳比赛中获得4枚金牌、3枚银牌和5枚铜牌的历史性佳绩！我校组织学生参加了湛江市中小学科技劳动教育实践活动，学生创作了大批作品进入省、市级比赛，获得一系列省、市级奖项。学校获评为湛江市中小学科技劳动教育实践活动"优秀组织单位"。教育部授予我校"全国优秀传统文化传承学校"称号。

（五）发挥党建团队作用，疫情防控保安全

坚持把思想建设放在首位，引导党员干部和广大教师学习新理念、新思想、新战略，凝聚正能量，提升综合素养，争当新时代"四有好老师"。推出林冠佳等新一批党员示范岗，评选表彰了优秀党员和优秀党务工作者，总支部获评为"先进基层党组织"。

团队组织强化了思想引领。按班建立团支部或中队，推行班级团支部或中队与班委会一体化运行机制；成立精致社团，规范社团管理，借助全国学生资助管理信息系统和广东i志愿平台，推动扶贫济困和志愿服务相结合；开展融入仪式教育，借助广播站、钉钉群、公众号、企业微信等阵地，让青少年在沉浸式的仪式氛围中接受思想道德熏陶；引导青少年规范自身行为，抵制错误言论，积极弘扬网络正能量，帮助青少年提升网络素养。

加强疫情防控常态化管理。家校合作，联防联控，坚持人物同防、多病同防，落实"四早"防控措施，认真落实"四精准""六分""一独立""三全""五管"校园疫情防控措施，同时加强校园环境整治和学习生活管理。学校防控办及时组织排查学校三百多名教职员工、四千多名学生的情况，落实"零报告"制度，确保了线上线下学习的平稳、有序、安全。

（六）逐步改善办学条件，人事后勤作保障

2020年学校为初一、高一年级27个教室更换新课桌椅，为高一年级教室更换空调机，全面升级了学校网络及电话线路，对全校86个教室进行了全面整改，粉刷了墙壁、天花板，换上了新的窗帘和照明设施，换装了最新的教室多媒体平台。

下面，我想强调的是，各个维度的改革需要相互配合，形成合力，同时，更需要"家校合作"才能取得好的效果。

二、精致教育理念下"家校共育"习惯养成方面的做法

今天重点谈四个观点，请大家记住并认真落实：

（一）"双减"后，家长的"责任清单"请收好！同时请告诉孩子：自律者优秀，懒散者出局

不留作业、不考试、不补课、统筹安排教师实行"弹性上下班"……

总结一句话，双减的目的是让学习回归校园。有不少家长拍手叫好："太好了，以后再也不用给孩子报班了，能省下不少钱，孩子的学习都归学校管，更加省心了。"

其实不然，省钱是可以，省心就不对了，双减是为了减轻孩子过重的学业负担，而不是减轻做家长的责任。在后双减时代，家庭教育尤为重要。

孩子的教育，不能单纯寄托给学校，家长也有陪伴、管理和督促的责任。"学校教育非常重要，但无论多么重要，都只是家庭教育的重要补充"。家庭

教育是学校教育的最大保障，父母才是孩子的终身老师。无论教育如何改革，父母都是孩子教育的第一责任人。为了孩子的成长，请家长履行好六个责任：

第一个责任：督促学习，养成自律。孩子之所以是孩子，就在于他没有自觉性，任何一个自律的孩子，都是父母严格管教和正确督导的结果。

家长不能寄希望于学校，寄希望于孩子学会自觉，就当起了甩手掌柜。家长不督促，那孩子以后会更加不自觉、更加为所欲为。没有天生爱学习、自律的孩子，都靠父母的狠心和坚持。当孩子不想学习、懒散放纵时，一定要狠心逼他一把。你督促了，孩子至少愿意好好学。

第二个责任：培养习惯，全面发展。好习惯决定孩子的一生。抓好养成教育，促进孩子全面发展，必须从孩子的良好习惯入手，对于孩子而言，首先是养成三个基本的好习惯：

学习习惯。课前预习，课上认真听讲，课后及时复习。勤记笔记，积极思考，大胆发言，敢于质疑。养成正确的读书写字姿势，自觉阅读课外书。这是基本的学习习惯。

生活习惯。每晚准备好第二天要用到的教材、学习用品等。早睡早起，按时吃饭，少吃零食，自己的事情自己做。每天保持适当的身体锻炼，注意个人卫生。这是基本的生活习惯。

行为习惯。同学之间要相互帮助，不欺负比自己弱小的同学。见到老师要问好，做到尊师重教、言行得体。这是基本的行为习惯。

第三个责任：重视陪伴，用心沟通。孩子的成长是十分关键的，为人父母都知道，然而许多父母没有好好陪伴过孩子。教育家夏洛特·梅森说："很多父母总是终日奔忙，从来无暇顾及孩子。当他们终于有一天想要好好关心孩子的时候，发现竟然无法与孩子进行沟通，父母对于孩子来说已经变得无足轻重。"不幸的是，这种现象比较普遍。

陪伴的本质是一种教育。没有陪伴，父母就不可能读懂孩子的内心，更不用说引领孩子健康成长。错过了孩子成长的陪伴，是为人父母最大的遗憾。这也是我常说的对于初中生，能走读的不要住宿，能"半寄"的不要"全寄"的道理所在。

不是说让各位家长抓紧每一分钟陪伴孩子，而是抓住陪孩子的每一分钟，做到高质量陪伴。陪孩子要"用心"，而不要"用力"，了解孩子的心理需求，多和孩子沟通，真诚地接纳孩子，给予孩子满满的安全感和正能量。

第四个责任：建立规矩，学会敬畏。心理学家李玫瑾教授说过："父母一定要在孩子小的时候，该说就要说，该立规矩就立规矩。"给孩子立规矩这件事，不少家长都不重视。有的是因为懒，有的是因为溺爱孩子，有的是怕影响亲子关系。但俗话说得好：严是爱，松是害，放纵是祸害。没有规矩的爱，没有底线的纵容，孩子只会变成"熊孩子"，到时候再后悔就来不及了。

校园之外没有温室，长大之后没有儿戏。外面的世界，没有人会包容孩子的任性和为所欲为。孩子我行我素，做事不守规矩，必然会在社会上撞得头破血流，付出惨痛的代价。

有本关于亲子关系的热销书叫《管教的勇气》，书中有这样一句："教养孩子最幸运的事情就是，小时给他'扎针'，长大给他翅膀。"我们终究无法陪伴孩子一生，小时候给他立的规矩，恰恰是在给予孩子最大的保护。教会孩子守规矩，敬畏规则，让孩子知道什么该做，什么不该做。

第五个责任：播种理想，奋勇拼搏。2021 年，央视《开学第一课》的主题是"理想照亮未来"。"七一勋章"获得者张桂梅校长的理想是用教育改变学生命运。在理想的指引下，不管遇到什么困难和挫折，身残志坚的张桂梅校长都能咬紧牙根、坚持到底。

国家"时代楷模"拉齐尼·巴依卡的儿女，14 岁的都尔汗·拉齐尼和 12 岁的拉迪尔·拉齐尼，小小的他们的理想是什么呢？为国守边，守护我们的家，守护我们的祖国。

同事们，请告诉孩子，每个人都要有理想和追求。世界上最快乐的事，莫过于拥有理想。

伟大的作家列夫·托尔斯泰说："理想是指路明灯。没有理想，就没有坚定的方向；而没有方向，就没有生活。"

理想，是对美好未来的憧憬，是人生前进的动力。理想可以很大，也可以很小，但它能让孩子仰望星空，看到灯塔。立志要趁早，理想的种子要早点在孩子的心田里种下。让我们尽好做家长的责任，为孩子的理想保驾护航，帮助他们树立理想，坚定目标，让他们成为有梦想、有担当、对祖国有用的人。此外，我们还要坚持引导孩子为之努力、不懈奋斗。

第六个责任：相互配合，支持老师。"双减"政策落地，不单单是学校的事，它需要家庭、学校共同努力，协同推进。两者之间要相互配合、相互支持、相互补充才会形成合力。最忌讳的是，家长和老师互相对立、彼此拆台。家校配合，才是教育成功的关键。在与老师并肩前行的长路上，请家长做到以下两点：

一是相信老师的专业精神。老师具有教书育人的专业性，不能以偏概全，以个别问题老师代表整个老师群体。请信任老师，不在孩子的面前议论老师，更不要以想当然的态度揣测老师。当你为孩子挨老师批评而心疼时，请你想一想老师的动机和初心。

二是与老师保持良好的沟通。优秀的家长会联动老师，参与指导孩子的学习方法。应该多听听老师的意见，学会尊重老师。在孩子所存在的问题上，只有双方保持一种愉快而积极的沟通方式，才能共同寻求解决问题的方法。

"双减"之下，学做智慧家长，护航孩子成长。优秀是一种习惯。一个人来到世间，除智商和他人有一些差别外，其他东西基本上都是后天形成的，受周围环境的影响，而一个人的习惯同样如此，因此，培养孩子习惯的问题值得所有家长深思。

（二）对于家长来讲，一定要帮助孩子养成好习惯，再谈成绩

前面我说了三个基本习惯，其中在学习习惯方面，还要指导孩子养成十二个习惯，才能让孩子成为优秀者，且能终身受益。这十二个习惯是：

（1）尊重与欣赏老师的习惯。亲其师，信其道。学生要尊重老师，适应老师，并学会欣赏自己的老师。现在能适应老师，长大后才能适应社会。不会稍不如意就埋怨环境。

（2）自学预习的习惯。提前预习，是培养自主学习精神和自学能力、提高听课效率的重要途径。提前预习教材，自主查找资料，研究新知识的要点、重点，发现疑难问题，从而可以在课堂内重点解决，掌握听课的主动权，使听课具有针对性，小组合作学习时也就有更多的发言权。

（3）专心上课的习惯。教与学应该同步、应该和谐，因此学生在课堂上要集中精神，专心听老师讲课，认真听同学发言，抓住重点、难点、疑点，边认真听边积极思考。哪怕你已经超前学过了，也还是要认真听，要把老师的思路、其他同学的思路与自己的思路进行对比分析，找出解决问题的最佳途径。并在这过程中，尽量多理解记忆一些东西。

（4）认真观察、积极思考的习惯。对客观事物的观察，是获取知识最基本的途径，也是认识客观事物的基本环节，因此，观察被称为学习的"门户"和打开智慧的"天窗"。每一位学生都应当学会观察，逐步养成观察意识，学会恰当的观察方法，养成良好的观察习惯，培养敏锐的观察能力。

（5）善于提问的习惯。我们要积极鼓励学生质疑问题，带着知识疑点问老师、问同学、问家长。学问、学问，学习就要开口问，不懂装懂最终害的是自己。提问是主动学习的表现，能提出问题的学生是学习能力强的学生，是具有创新精神的学生。

（6）小组交流的习惯。《学记》上讲"独学而无友，则孤陋而寡闻"，同学之间的学习交流和思想交流是十分重要的。据成功学家统计，人的知识超过三分之二是从同龄人中学到的，所以遇到问题要与同学互帮互学，展开讨论。每一个人都必须努力吸取别人的优点，弥补自己的不足，像蜜蜂似的，不断吸取群芳精华，经过反复加工，酿造知识精华。

（7）独立作业的习惯。做作业的目的是巩固所学的知识，培养独立思考的能力，不是为了交教师的差，或是应付家长。有的学生做作业的目的不明确，态度不端正，采取"拖、抄、代"，会做的马马虎虎做，不会做的就不动笔；有的学生好高骛远，简单题是会而不对，复杂题则是对而不全，这些不良习惯严重影响了学习效果。因此我们要重视做作业，在做习题时，要认真思考，总结概念、原理的运用方法、解题的思路，并且尽量多记忆一些有用的中间结论。

（8）仔细审题的习惯。审题能力是学生多种能力的综合表现。要求学生仔细阅读材料内容，学会抓字眼、抓关键词，正确理解内容，对提示语、公式、法则、定律、图示等关键内容，更要认真推敲，反复琢磨，准确把握每个知识点的内涵与外延。同时还要培养自己能从作业、考试中发现自己的错误并及时纠正的能力。

（9）练后反思的习惯。一般来说，习题做完之后，要从五个层次反思：第一，是怎样做出来的？想解题采用的方法；第二，为什么这样做？想解题依据的原理；第三，为什么想到这种方法？想解题的思路；第四，有无其他方法？哪种方法更好？想多种途径，培养求异思维；第五，能否变通一下而变成另一习题？想一题多变，促使思维发散。当然，如果发生错解，更应进行反思：错解根源是什么？解答同类试题应注意哪些事项？如何克服常犯错误？"吃一堑，长一智"，不断完善自己。

（10）复习归纳的习惯。复习就是消化知识，加深理解和记忆，达到举一反三。复习就是通过对知识、解决问题的思路进行提炼和归纳整理，使零碎的知识、分散的记忆得到一个串联，从而使知识系统化、条理化、重点化，避免前后知识的脱离与割裂的过程。每天尽量把当天学到的东西复习一遍，每周再做总结，一章学完后再总的复习一下。对记忆性知识的复习，每一遍的用时不需多，但是反复的次数要多，以加深印象。每章每节的知识是分散的、孤立的，要想形成知识体系，课后必须有归纳小结。

（11）整理错题本的习惯。平时要把有疑问或弄错的地方随手拿张纸记下，经常看看，看会了、记住了才扔掉。有价值的就用专门的本子记下，并找些可以接受的类型题、同等程度的相关知识点研究一下它们的异同、解题的技巧和办法。

（12）客观评价的习惯。学生应养成正确对待自己和他人、正确对待成功与挫折、正确对待考试分数的好习惯。学生能客观地评价自己和同学在学习活动中的表现是一种健康心理的体现。只有客观地评价自己、评价他人，才能评出自信，评出不足，从而达到正视自我、不断反思、追求进步的目的。

（三）良好习惯的养成需要自律，而成功的家庭教育告诉我们：孩子自觉、自律是培养出来的

明确了养成良好的学习习惯的意义并了解哪些习惯是好习惯、哪些习惯是坏习惯以后，就应该自觉地培养好习惯、克服坏习惯，让好习惯伴随终身，让坏习惯尽快与你告别。比如要养成良好的学习习惯，可按下列步骤进行：

第一步：耐心发动，逐渐加速。计划每天要记 10 个英语单词，就一天不落地去记；认识到写字潦草、做题马虎这些毛病，就在写字、做题时严加注意，确保字字工整，题题复查；意识到不良学习习惯的危害，就自动自觉地克服；制订了学习计划，就定时定量地去完成；决心使自己的学习成绩在全班、全校的位次前移，就要千方百计地挖掘自己学习的潜能。

第二步：控制时空，约束自己。人的行为很大程度上受情景因素的影响。比如，一个中小学生，已经认识到打手机游戏的副作用，不想再打游戏了，可是，一拿起手机就忘乎所以，把握不住自己。因此，在习惯形成的过程中，在自己的自制力还不强的情况下，应从控制自己的活动时间和活动空间入手来约束自己的行为，比如参加室外活动和运动等。

第三步：偶有偏离，及时调整。许多同学自制力比较差，在好习惯形成过程中，或者在坏习惯克服过程中，容易出现反复、拖拉、敷衍、放任等现象，容易出现跟着感觉走的现象。这就要求自己要严格监督自己，发现偶有偏离，立即作出调整。培养习惯，就像走路一样，发现走的路线不对，及时调整到对的轨道上去，久而久之，一条小路便踩出来了。

刚才说，成功的家庭教育告诉我们：孩子自觉、自律是培养出来的。如果孩子一直生活在没有任何强制的环境中，他将永远不能成长，也经受不住任何挫折。相反，如果你从小培养孩子自觉学习的好习惯，他会成为大家口中

"别人家的孩子"。

因此，不要那么强调孩子的"自觉"了，"自觉"一词对孩子太沉重，他小小的身体和心灵承受不了！该教训的时候教训一下，只要你教训得适时适度，孩子会因为你教训他而感到轻松！知道你是真正为他好！如果你一直装模作样，下不了手，只是一个劲儿地说教、对峙、冷战，那样孩子反而会真正受到伤害，留下巨大的心理阴影！

因此，今天的父母老师们，不要再指望孩子"自觉"了，那是不切实际的幻想。如果你看到一个"自觉"的孩子，那多半是父母老师长期陪伴、正确督导和严格管束的结果。

这没有什么可羞愧的，孩子就是这样，他需要大人的管束，他必须在大人的管束下才能成长。孩子就是孩子，成人就是成人，成人天然就有管教孩子的权利，只要他人格正常，他就有这个能力。

俗语说"养不教，父之过；教不严，师之惰"，该怎么教就怎么教，不要在意那些流行的词语和口号。

作为父母，一旦看到孩子的行为逾越规范，就要及时指出来并进行纠正，否则他会一错再错。有时候，孩子需要适当的强制，这种强制并不是对他的压迫，而是在他意志软弱的时候帮他克服困难，让他变得更加坚强。

有句话说得好，父母管教是基础，孩子自觉自律是目的，基础打牢，不怕地动山摇。在教育路上，永远不要只指望孩子自己自觉、自律，父母要起到监督的作用！

所谓自律，就是自己给自己定下纪律，并且逼迫自己去遵守。在别人出去玩乐时，强迫自己专心看书；在别人睡懒觉时，强迫自己坚持早起；在别人心神不定时，强迫自己心无旁骛。孩子唯有做到自己管理自己，用自律代替懒散，怀揣着初心，把模棱两可的三分钟热度变成一往无前的决心，把摇摆不定的"我愿意"变成清晰的"我会完成"，才能实现自己的理想。

优秀的背后无他，唯自律而已。每一个自律的孩子背后都有家长付出的汗水，没有哪一种成功不需要狠心坚持。2020 年，湖南女孩姚婷入选华为"天才少年"，年薪高达 156 万。和普通人比起来，她并没有聪明的天赋和强大的背景。她的成功，靠的就是十年如一日的自律。她的高中班主任这样评价她："她是一个非常自觉、自律的孩子，根本不需要老师操心，对自己的学习有规划，知道什么时候该做什么事。"

常言道：命运是很公平的，每一份成功都不是偶然的。

教育本心

家长们、同学们，新的一年开始了，让我们一起努力，从孩子的习惯养成抓起，努力培养"自信、自觉、自律、自强"的孩子！最后，赋诗一首与大家共勉：

春望

盛放木棉春渐浓，桃红柳绿草葱茏。

元年伊始开清气，万象更新立伟功。

立德树人扬上善，培材育栋奉情衷。

课堂精致见高效，仲夏欢歌硕果丰。

深化教育教学改革，完善"精致教育"育人体系

——在广东省百千万人才工程项目培养对象课题研究
开题报告会上的讲话

尊敬的各位领导、专家：

今天，我们学校非常荣幸，在我校"精致教育"系列课题即将结题之际，市教育局教研室组建了高层次的专家组莅临我校指导三个广东省百千万人才工程项目培养对象的课题研究开题。专家们今天亲临现场指导开题，给了我们莫大的鼓舞和支持，我代表学校向尊敬的各位领导、专家表示衷心的感谢！

近年来，我们围绕"立德树人"的教育根本任务，将"为党育人、为国育才"作为教育者的初心使命，服务于实现教育高质量发展的要求，落实五育并举、五育融合，以培养"全面发展"的人为目标，开展教育教学管理改革。为此确立了以"追求精致、臻于至善"为宗旨，以"乐学善教、合作探究"为导向，基于核心素养上的"精致教育"。

在"精致教育"理念引导下，我们通过设在本校的十多个省、市"三名工作室"的示范带动，将学校在有效德育、高效课堂、教学改革、学校管理、文化建设、教师专业成长、教育教学增效、核心素养提升等方面的做法和经验分享出去，并带动了大批骨干老师的成长，包括今天的三个百千万人才工程项目培养对象。

在"走向精致"的路上，我们将推进教育教学改革、进一步完善班级管理、以全面提升师生核心素养为方向，继续深化"精致教育"，开展有关行动研究。我们将三个广东省百千万人才工程项目培养对象的课题研究与学校的省、市"三名"工作室适当整合，以发挥更好的引领作用和团队力量，进一步深化新一轮的教育教学改革，完善"精致教育"育人体系。

在这里，我代表学校向各课题组的老师们提出一点要求：课题研究一定要注重过程性管理，整个研究过程是由各个环节组成的，课题的确立、研究方案的制订及组织实施，各种资料的收集、分析、整理，成果的总结与推广，每个环节都是有价值、有意义的，要真正地做实实在在的研究。

同时，我也代表学校向各课题组承诺：学校将尽最大可能支持各课题组的工作，保证课题研究工作的顺利开展。

　　我们深信，在市教研室的大力支持下，在各位专家的悉心指导下，我们各课题组一定能够同心协力，课题研究工作一定能结出丰硕成果！

下编

多一个舞台，多一批优秀学生
——在第十三届学校运动会暨第七届社团文化节开幕式上的讲话

各位来宾、老师、同学们：

时光荏苒又经载，日暖天清风采扬。在这天高气爽的季节，我们隆重举行湛江二中港城中学第十三届田径运动会暨第七届社团文化节开幕式。在此，我代表学校对校运会和社团节的召开表示热烈的祝贺！向踊跃报名参加校运会、社团文化节的全体运动员、社员们表示崇高的敬意！向莅临我校的湛江市"三名"工作室的校长、老师、学员们表示热烈的欢迎！

一年一度的校运会是我校提高学生身体素质、提升学生核心素养必不可少的重大活动，它将充分展现全体运动健儿的运动风采和全体学生的精神风貌，是对我校体育"精致教育"理念落实情况的一次大检阅！每年一届的"活力青春 魅力港城"社团文化节是我们校园文化和办学特色的重要组成部分，也是学校与社会相互影响交融的文化窗口，更是学生展示才华与风采的大舞台。在此，我代表学校向为各项工作付出努力的同志们表示衷心的感谢！

省教育厅已明确今年起实施新中考，录取计分科目将由语文、数学、外语、体育四个学科加上选考科目组成，而广东新高考改革后，在高校录取时将学生的体育成绩作为综合素质评价的重要内容。

当然，体育不只是为了中考和高考，运动也不只是为了比赛。发展青少年的运动，不仅关系到每个同学的身体健康，还标志着国家具有持久力的崛起与富强。我们举行运动会的目的，不只是搭建运动员比赛的舞台，更是希望大家喜欢上体育运动，养成热爱运动的良好习惯！

作为二中港城的学子，在全面推进"精致教育"的实践中，学生社团秉承"优秀＋特长"的二中办学特色，我们的"精致活动"始终坚持"多一个舞台，多一批优秀学生；多一种评价标准，多一批优秀学生"的理念。学生社团是学校美育的重要组成部分，更是发展学生核心素养的需要。今天，我们的社团已发展到涵盖公益服务、科技创新、才艺艺术、体育健康、传统文化五大类，共二十一个社团，而且学校每年都会评选出十佳社团和优秀指导教师并予以表彰。

目前，学生社团保持了良好的发展态势，学生社团的数量、人数和类别再上新台阶，参加省市组织的各类比赛成绩十分突出。如羽毛球社团在"2021年湛江市中小学生羽毛球锦标赛"中荣获"初中男子团体第一""初中女子团体第一"，在双打比赛中勇夺男双第一、女双第一，在个人赛中，男单包揽第一、第二，女单也荣获第二；在广东省学校羽毛球总决赛中，获广东省男子团体赛第四名，女子团体赛第六名的历史性好成绩。

合唱队作品《我爱你中国》在湛江市中小学"童心向党"歌咏比赛中荣获市一等奖；舞蹈社《青花飞舞》在湛江市第七届中小学生艺术展演中荣获市一等奖；民乐团、版画社、绘画社、摄影社等社团，在湛江市第七届中小学生艺术展演活动中，也均获一等奖。学校被教育部评为"全国中小学中华优秀传统文化传承学校"。

在科技劳动教育实践方面，我校组织学生参加了湛江市科技劳动教育实践活动和青少年机器人竞赛等项目，大批作品进入省、市级比赛，获得一系列省、市级奖项。学校获评为湛江市中小学科技劳动教育实践活动"优秀组织单位"。

此外，学校还大力推广志愿服务活动，据不完全统计，已有3 600多名学生在广东志愿者平台注册，学校发动了上百次志愿活动，组织了上千人参加助力聋哑儿童、禁毒教育进社区等志愿活动，广受社会好评。

习近平总书记指出，体育是社会发展和人类进步的重要标志，是综合国力和社会文明程度的重要体现。社团关注自我，关注他人，关注"小"世界与"大"校园。我们盼望，不管是体育还是社团，未来能更普及一些，创新教育的发展能更细一些。

我相信，全体师生齐心协力，本届田径运动会和社团文化节一定是个"积极向上，格调高雅"的文明盛会，一定能展现"团结、友谊、拼搏、创新"的氛围。最后，让我们共同祝愿第十三届校运会暨第七届社团文化节取得圆满成功！

青春向党、强国有我

——在第七届社团文化节闭幕式上的讲话

各位领导、来宾、老师、同学们：

在这星光璀璨、师生同庆的晚上，我们隆重举行以"青春向党、强国有我"为主题的第七届社团文化节闭幕式暨师生联欢晚会。为期一周的社团活动文化节即将落下帷幕！在此，我谨代表学校对参与本次活动的老师、家长和同学们表示衷心的感谢！

我们的学生社团秉承二中"优秀＋特长"办学特色，始终坚持"多一个舞台，多一批优秀学生；多一种评价标准，多一批优秀学生"的理念。学生社团立足于发展学生核心素养的总要求，由团委引导、学生自主创立、学校配备指导教师的办法组建，每学年自主招新，受校学生会社团部监督管理，目前已发展到涵盖公益服务、科技创新、才艺艺术、体育健康、传统文化五大类，共二十一个社团。每年评选出十佳社团和优秀指导教师并予以表彰已成为二中港城的一种文化特色。

近年来，社团活动作为港城校园的一道亮丽风景线，涌现版画社、科技社、羽毛球社、舞蹈社、摄影社、合唱团等一批优秀社团，培养了大批优秀学生。比如在刚刚结束的第七届中小学生艺术展演中版画社、摄影社、科技社作品荣获省一等奖；合唱团、舞蹈社荣获市一等奖；在2021年湛江市中小学生羽毛球锦标赛暨广东省学校羽毛球联赛（湛江站）中羽毛球社荣获市第一名、省第四名的优异成绩。还有一大批热爱版画、舞蹈、器乐、唱歌、广播演讲的同学在省、市级比赛中也均获优异成绩。在不久前结束的湛江市国防杯演讲比赛中，高二5班曾宇涛勇夺一等奖，二中总校的陈欣怡学姐紧随其后，分列全市第一、二名。

最近，游泳队、啦啦操等正在紧张备战省级决赛，刚刚传来喜讯：我们的游泳队在省中学生游泳比赛中获得4枚金牌、3枚银牌和5枚铜牌的历史性佳绩！

　　本届社团文化节全面展示了各社团的风采，周一下午的社团作品展览、周三下午的班级文化展评都给我们留下了深刻的印象。发扬社团文化，对学校发展和学生成长具有不可估量的作用！希望今后全体师生都能以满腔的热情、饱满的干劲参与到社团活动中，让多彩社团为幸福人生奠基！

下
编

高校专家进基地，教师成长大舞台

——在广东省基础教育初中英语教研基地高校专家进基地聘请仪式上致辞

各位专家、领导、老师们：

天高气爽、丹桂飘香，今天，我们湛江二中港城中学，专家云集、群英荟萃，共同举办"广东省基础教育初中英语教研基地（湛江）高校专家进基地聘请"仪式。在此，我代表全校师生和学校有关工作室，向各位尊敬的领导、专家和教育同人表示衷心的感谢！

广东省基础教育教研基地项目，借基地之势，以教研为媒，开启省级平台与地方教育合作共赢的新模式，将在深化教研机制创新、推动教研体系建设、推进课程教学改革和育人方式变革、整体提升基础教育质量等方面发挥重要的示范带动作用，有利于促进基础教育优质均衡及高质量发展。

我校非常荣幸，被选为广东省基础教育初中英语教研基地项目的基地学校，更荣幸的是，还被选为基地学校的中心学校，让全省的初中英语教研将目光聚焦于湛江二中港城中学，这是上级主管部门和基地主持人对我校的高度信任和大力支持。我相信，搭建的促进全市至全省初中英语教研平台，将成为广大初中英语教师专业成长的舞台，并将极大地推动我校基础教育教研工作跃上一个新台阶。

我校虽是一所办学十多年的新学校，但是传承了百年老校——湛江二中的理念和文化精髓。我们二中老校训"尊师重道、因材施教"，到今天二中人的校训"爱国敬业、求实创新"，都是倡导基础教育要结合实际，创新发展。当前，探索新时代的五育并举、五育融合，是教育教学发展的必由之路。

近年来，二中港城中学根据学校的实际，坚持以"修品行、善学习、强体魄、美志趣、树理想、敢担当"为学生发展目标，以"追求精致、臻于至善"为宗旨，以"乐学善教、合作探究"为导向，提出并践行基于核心素养的"精致教育"。

"精致"，从字面上理解是"精到极致"的意思，着眼于细处的目标之精确合理、内容之精准有效和方法之精巧高效。我们推行的"精致教育",就是围绕"立德树人"教育根本任务,以"为党育人、为国育才"作为教育者的初心使命,对照发展学生核心素养的要求,高质量培养全面发展的人。

在湛江市教研室特别是庄海滨老师的指导和支持下,我校的初中英语已成为学校最强的学科教研组,一大批老师成了省市级骨干老师,如李琼老师作为庄老师工作室的骨干成员,已成长为湛江市各教师工作室主持人,并获评为广东省百千万人才工程项目的培养对象。

我相信,学校的"精致教育",特别是英语学科教学,通过深入参与并借力于广东省基础教育初中英语教研基地项目,一定会在实现新时代基础教育高质量发展和促进师生成长方面取得新突破,在探索和构建符合学校实际的全面育人体系方面取得新的成效。

在这里,我代表学校表态,在各级主管部门的大力支持下,在各位领导和专家的悉心指导下,我校将尽最大能力,支持广东省基础教育初中英语教研基地项目的工作,发挥基地项目的辐射作用,带动和促进我市、我省初中英语基础教育教研教学工作的发展!

下编

听党的话，做好少年

——在中国少年先锋队建队 72 周年纪念日上的讲话

各位老师、少先队辅导员，亲爱的少先队员们：

伴随中华人民共和国日益繁荣富强的步伐，中国少年先锋队（少先队）已经走过了 72 年光荣历程。今天，我们即将迎来中国少年先锋队建队 72 周年纪念日。党的十八大以来，少先队组织紧紧围绕基础教育教学改革，有力地推进了少年儿童的健康成长和少先队事业的发展。目前，我校现有少先队员2 200 多人，你们已是学校的主体，在此，我谨代表学校党总支向全体少先队辅导员和老师致以崇高的敬意！并向全体少先队员提出"听党的话，做好少年"的要求！

70 多年的沧桑巨变从理论和实践两个维度展现了中国共产党为什么能、马克思主义为什么行、中国特色社会主义为什么好，使科学社会主义在 21 世纪的中国焕发出了强大的生机活力，彰显了中国特色社会主义独特的创造力和强大的生命力！

我们党立志于实现中华民族千秋伟业，必须培养一代又一代拥护中国共产党领导和我国社会主义制度、立志为中国特色社会主义奋斗终身的有用人才。我们要把习近平新时代中国特色社会主义思想传播到广大学生心中，把他们培养成为德、智、体、美、劳"五育并举、全面发展"的新时代中国特色社会主义建设者和接班人。

在此，我重点强调三点：

一是要突显少先队在学校教育中的地位。少先队是中国共产党创立和领导的少年儿童群众组织，是少年儿童学习中国特色社会主义和共产主义的学校，是建设社会主义和共产主义的预备队。少先队教育是义务教育阶段学校教育的重要载体，也是学校德育的主要组织形式和重要阵地。

二是要更多地组织开展少先队活动。活动是少先队的生命，也是少先队的教育特点和优势。当前，各年级各中队要依托《少先队活动课程指导纲要（试行）》推进少先队活动课程建设，把贯彻落实《少先队活动课程指导纲要

（试行）》作为新时期少先队教育的重要内容来抓，对照学生发展核心素养的要求，以培养"全面发展的人"为核心，从文化基础、自主发展、社会参与三方面开展少先队活动，重点培养新时代接班人应该具备的六大素养（人文底蕴、科学精神、学会学习、健康生活、责任担当、实践创新），切实保障少先队活动课，并要取得良好效果。

三是要充分调动少先队员"主体意识"。支持少先队参与学校文化建设，全面践行社会主义核心价值观，更多地开展组织教育、自主教育、实践活动，营造活泼向上的班级文化氛围；鼓励少先队参与学校和班级的日常管理，例如在爱护公物、美化环境、维护秩序，共建美丽校园等方面，处处体现"我是学校小主人"精神。

少年智则国智，少年强则国强，少年进步则国进步。做好少先队工作是党的要求，也是教育系统义不容辞的责任和义务。

少先队员们，你们今天是学校的小主人，明天是社会的大栋梁。我相信你们一定能按照学校提出的"修品行、善学习、强体魄、美志趣、有梦想、敢担当"育人目标，成长为合格的新时代有用之才！

同时，我也希望全体少先队辅导员们，围绕党的"立德树人"教育根本任务，始终以"为党育人，为国育才"作为我们教育工作者的初心使命，把爱心献给孩子，把智慧献给教育事业，做少先队员们最亲密的朋友和指导者，齐心协力、锐意进取，共同开创我校少先队工作的新局面！

下编

家校合力，共迎中学新生活的到来

——致 2021 级初一新生家长的第一封信

尊敬的初一新生家长：

好学生选择好学校，好学校培养好学生！首先恭贺您的孩子脱颖而出，成为湛江二中港城中学 2021 级初一新生！我校全体师生热烈欢迎您的孩子加入这个大家庭！

在你们及社会各界的关心、信任和支持下，我们二中港城中学 2021 级初一新生招生工作顺利、圆满结束！对此，向你们表示衷心的感谢！

我校本届初一招生一位难求。从开始招生到报名、摇号，我校学位成为优秀学生追逐的目标，学生以能就读港城中学为荣，月余时间我校 1 000 个优质学位已经全部落地！这些学生绝大部分多次获得三好学生、学习标兵、各种竞赛等荣誉和特长等级证书，大多为语文、数学、英语三科平时成绩不错的全优生！得天下英才而教之，是人生的幸事，是学校的幸事，也是教育之幸事！但我们学校的规模有限，能提供的优质学位有限，对尚有许多不能如愿录取到我们学校的同学，我表示深深的歉意和遗憾！

各位家长，湛江二中港城中学是湛江市直属民办学校，是一所充满活力的粤西名校。它依托湛江市第二中学的师资优势、品牌优势，以"追求精致，臻于至善"为宗旨，以"健康第一，人格健全，学习有效"为"三维"育人目标，以"优秀＋特长"为育人模式，以养成教育、"三情"教育、自信教育、特长教育、传统文化教育和创新教育为六大特色，以"进步即优秀"为评价标尺，笃行"成人"与"成才"并举，"升学"与"素质"齐抓的理念，锐意创新，办精致学校，做精品教育，为学生的和谐发展与终身幸福奠基，成果辉煌，已成为一所特色鲜明、质量一流、品位高雅的高层次、示范性学校，是学生向往、家长信任、社会赞誉的求知殿堂。

学校敢于担当、锐意创新，创立"三环五步"精致教学模式，用工匠精神打造精致课堂，把教室变成"开放的园地、自由的舞台"，真正实现了优质教学，被市教研室专家们称为"湛江市最具特色、最接地气、独创的高效教学模式，是湛江市课程改革中的一颗耀眼的明珠"，影响深远，先后有省内外8 000多人莅校参观学习。

学校教学质量一枝独秀、屡创辉煌。几乎囊括历年霞山片区中考状元，被省、市一级高中录取人数超过90%；高分层人数、单科第一、升入湛江二中等重点中学人数和比率等名列霞山片区第一。

个性教育、特长教育独树一帜。在2017年高考中以高于重本线135分的12岁天才少年陈舒音9岁多就从我校毕业，现正在浙江大学本博连读；获得第14届"汉语桥"世界大学生中文比赛亚军、欧洲组冠军，被习近平主席专门接见的英国少年康可也毕业于我校。2018年11月，初二级（21）班马欣霈同学代表湛江参加广东省第六届"南粤长城杯"演讲比赛决赛，以98.91分夺得中学组（初高中、高职同组）第一名，荣获全省唯一的特等奖！我校初中毕业的多位学生参加高考，被清华、北大等名牌大学录取。

"湛江二中港城中学家长学校"享誉省内外。2019年我校"三项六阶层进：家校互动亲子教育的实践案例"入选广东省中小学家庭教育典型案例之"家庭教育指导品牌项目"；2020年，在首届"全国家庭教育创新实践基地"评选中，我校拔得头筹，成为珠三角以外唯一的获评单位，在全省所有中学中与华南师范大学附属中学并肩获此殊荣。

创新教育、各类竞赛成绩卓著。我校学生参加学科竞赛，几乎包揽了霞山片区一、二等奖和全市超过一半的高质量奖项，获奖率名列全市第一。我们学校获得了各种荣誉，连年获得湛江市"中考先进单位""高考先进单位"，是国家"双英语教材（人教版和牛津版）实验学校"、全国"英语作文教学先进单位"、湛江市"德育示范学校""安全文明示范学校""湛江市文明校园""湛江市规范化家长学校""食品安全示范学校"和"特色文化校园"、广东省"版画特色学校"和"水墨国画特色学校"、广东省首批"优秀传统文化传承学校"以及"艺术特色学校"……

优异的成绩充分体现我校精致课堂教学的魅力！感谢家长和社会各界人士的信任与支持！

人人都说港城好。今天的二中港城，"学生素质与成绩齐飞，学校质量与特色并进"。让每一位学生扬起希望的风帆，成为素质教育的受益者；让每一位教师领略育人的乐趣，成为素质教育的引领者；让每一位家长享受子女成才的喜悦，成为优质教育的收获者！请相信，当您的孩子跨入我校校园之日，便是他们健康成长、走向成功之始！

雄关漫道真如铁，而今迈步从头越。

各位家长，好的开端是成功的一半。为了使您的孩子尽快适应我校的管理要求，特将新生报到须知及注意事项通知如下：

（1）新生综合素质测试成绩将在网上公布。学生可凭自己的账号和密码登录查看自己的成绩。具体查分时间为考试一周内。登录查询方式将在我校教导处公众号或湛江市第二中学网站上公布，请各位家长在微信公众号"湛江二中港城教导处"或湛江市第二中学网站上查询。

（2）按时报到并参加实践活动。初一新生暂定于8月24日报到，并参加第一次综合实践活动。当日公布分班（可在网上查询或到校门口查看），下午13：00报到，购买校服（风雨球场乒乓球室，共510元，6套+2件衬衫；已经买的可忽略），13：30教室报到集合。报到时，需准备免冠彩色小一寸照片4张（在每张照片后面写清班级、姓名、全寄、半寄或者走读情况，报到注册当日将照片连同《综合社会实践活动征求意见书回执》一起交班主任）；寄宿学生所需床上用品及其他生活用品（牙具、餐具、衣架等）需自备。新生报到必须把"预防接种查验证明"交班主任处。

学生报到及在校期间要严格按《湛江二中港城中学学生仪表规定》（另发）要求理发、着装、佩戴校牌，校园内禁止带手机及有通讯功能手表等，报到时达不到要求的将不予注册。家长带好身份证，当场办理校园卡，确保学生顺利出入。

根据湛江市教育局"关于加强学生社会实践活动"的相关指导意见，我校于8月24—28日到湛江市雏鹰基地或在本校内（暂定，根据疫情可能做相应调整）开展初一新生综合社会实践教育活动。活动主要内容：一是新生入学思想教育；二是队列队形训练；三是综合社会实践。

（3）做好开学伊始的各项工作。8月31日19：30—21：30是新学期入学教育主题班会，请走读、半寄学生家长做好接送工作。9月1日7：25升国旗仪式；7：40—8：25开学典礼；8：30正式上课。

（4）做好小升初的合理有效衔接。今年的暑假是孩子从小学升上初中的一个特殊假期，家长要教育孩子，在适当放松休息的同时，做好成为一名合格中学生的思想和物质的准备，可以提前自学中学课程，做好小升初衔接，也可以适量阅读经典名著，以便尽快适应作为人生重大分水岭的初中生活。

（5）暑假期间人身安全永远放在第一。

①注意交通安全。家长教育孩子要严守交通规则，注意假期外出安全。外出时乘坐有营运资质的客运车，教育孩子不在路上逗留、玩耍。开车外出的家长们，请不要疲劳驾车，不要酒后开车，遵守交通法规，为孩子树立榜样。

②加强用电和消防安全教育。教育孩子学会自我防范。各类电器、天然气、液化气等，最好不让孩子靠近，以免发生意外。教育孩子不玩火，不随地燃烧杂草、纸张，不放鞭炮等，以防发生火灾事故。

③加强防溺水安全教育。教育孩子远离水域，做到"六不"，即：不私自下水游泳，不擅自与他人结伴游泳，不在无家长带领的情况下游泳，不到无安全设施、无救援人员的水域游泳，不到不熟悉的水域游泳，不熟悉水性的学生不擅自下水。每年夏天，湛江都有学生因到江、河、湖、海边玩耍游泳而不幸溺亡，这不得不再次提醒所有的学生和家长，谨记"六不"，做到这点十分重要！

④预防新冠病毒不放松。严格按照各级各类抗疫要求做好防护和隔离，尽量少去或者不去公共场所，坚持做到"戴口罩、勤洗手、少出门、强体魄"。

暑假期间，还应养成良好的作息规律，早睡早起、多参加运动，养成良好的文明习惯。

尊敬的家长，教育是一个系统工程，需要家庭、学校和社会的共同努力。我们希望家长积极配合学校，共同教育、培养学生，引导孩子身心健康成长，成为有用之才。今天您以选择我校为荣，明天我校以您孩子成功为傲。我相信，我们共同迎接孩子的中学生活，一定会开启孩子幸福美好的明天！

最后，祝您身体健康，家庭幸福，万事如意！

把孩子们真正培养成为德智体美劳全面发展的社会主义建设者和接班人

——在中国少年先锋队建队 71 周年纪念日上的讲话

各位老师、少先队辅导员，亲爱的少先队员们：

中国少年先锋队（少先队）伴随中华人民共和国的步伐，即将迎来建队 71 周年纪念日。党的十八大以来，少先队组织紧紧围绕基础教育教学改革，有力地推进了少年儿童的健康成长和少先队事业的发展。目前，我校现有少先队员 2 200 多人，你们已是学校的主体，在此，我谨代表学校党总支向全体少先队辅导员和老师致以崇高的敬意！并向全体少先队员提出"听党的话，做好少年"的要求！

同学们，开学一个多月来，你们用实际行动践行二中人"让优秀成为一种习惯"和"进步就是优秀"的理念，你们用行动证明了你们都是合格的湛江二中港城中学学子。上一周，我们过了一个最令人鼓舞和激动的国庆节，也真真切切地感受到在中国共产党的领导下，中国人民用短短 71 年将一个积贫积弱、百废待兴的国家建设成一个团结统一、繁荣富强的国家。连一贯自大的外国媒体都惊叹"超级中国，令人震惊到无法用言语表达了"！身为一名中国人，生长在这个盛世中华，我们对此感到无比的骄傲与自豪！

71 年的沧桑巨变从理论和实践两个维度展现了中国共产党为什么能、马克思主义为什么行、中国特色社会主义为什么好，使科学社会主义在 21 世纪的中国焕发出强大的生机活力，彰显了中国特色社会主义独特的创造力和强大的生命力！

我们党立志于实现中华民族千秋伟业，必须培养一代又一代拥护中国共产党领导和我国社会主义制度、立志为中国特色社会主义奋斗终身的有用人才。我们要把习近平新时代中国特色社会主义思想传播到广大学生心中，把孩子们真正培养成为德、智、体、美、劳全面发展的社会主义建设者和接班人。

在此，我重点强调三点：

一是要突显少先队在学校教育中的地位。少先队是中国共产党创立和领导的少年儿童群众组织，是少年儿童学习中国特色社会主义和共产主义的学校，是建设社会主义和共产主义的预备队。少先队教育是义务教育阶段学校教育的重要载体，也是学校德育的重要阵地。

二是要更多地组织开展少先队活动。活动是少先队的生命，也是少先队教育的特点和优势。当前，各年级各中队要对照学生发展核心素养的要求，以培养"全面发展的人"为核心，从文化基础、自主发展、社会参与等方面开展少先队活动，重点培养新时代接班人应该具备的六大素养（人文底蕴、科学精神、善于学习、健康生活、责任担当精神和实践创新能力），并要取得良好效果。

三是要充分调动少先队员"主体意识"。支持少先队参与学校文化建设，全面践行社会主义核心价值观，更多地开展组织教育、自主教育、实践活动，营造活泼向上的班级文化氛围；鼓励少先队参与学校和班级的日常管理，例如在爱护公物、美化环境、维护秩序，共建美丽校园等方面，做到处处体现"我是学校小主人"精神。

少先队员们，你们今天是学校的小主人，明天是社会的大栋梁。我相信你们一定能按照学校提出的"修品行、善学习、强体魄、美志趣、有梦想、敢担当"育人目标，成长为新一代的有用之才！我也相信，在我们新一代青少年的共同努力下，祖国一定会更加繁荣昌盛！

下编

美好前程奋斗求，雄鹰展翅飞霄九

——2021年六一表彰暨初二离队仪式的讲话

各位老师、少先队辅导员，亲爱的少先队员们：

今天是一个快乐的日子，队旗载着心愿迎风飞舞、红领巾在胸前迎风飞扬、微笑在幸福的脸上绽放。在这阳光灿烂，姹紫嫣红的初夏，我们共同庆祝少年儿童自己的节日——"六一"国际儿童节，并举行"先进个人与集体"表彰暨初二年级少先队员离队仪式。

对于初二的少年朋友们来说，今天，是你们作为少先队员庆祝的最后一个儿童节。今天，你们离开了少先队，迈进了青春行列。今天的仪式就是正式、庄严地宣告：你们，已经长大了！

是的。各位青少年朋友们，你们的确已经长大。童年生活将离你们远去，比肩父母和师长，不久后你们将肩负起家庭和社会的重托。是的，面向未来，是更高层次的挑战，只有强者才能主宰自己的命运！

那么，一个真正的强者，必须具备什么样的条件呢？

一是要树高远志向，立坚定信念。习近平总书记在全国少代会上强调"志向是人生的航标。一个人要做出一番成就，就要有自己的志向。一个人可以有很多志向，但人生最重要的志向应该同祖国和人民联系在一起，这是人们各种具体志向的底盘，也是人生的脊梁"。你们作为新时代的新生力量，肩负着建设中国特色社会主义事业，富民强国，实现中华民族伟大复兴的历史使命。若干年后，你们的身影将会活跃在各个行业、各个领域，以多姿多彩的方式实现自身的人生价值，为祖国的建设事业贡献自己的力量。你们的未来与祖国的未来息息相关。因此，你们要从现在开始，树立远大理想，立志成为祖国的有用之才，还要坚定信念，磨炼意志，认定的事就要一头扎进去，一心做下去，绝不能三心二意，半途而废，这样才能学有所成，实现自己的愿望！

二是要提升素质，学好本领。一个人如果胸无点墨，一无所知，遇到事情不知道该怎么做，胡搞一气，只会把事情搞砸。作为学生，首要是搞好学习，搞好学习的关键是掌握学习方法。同学们，你们是幸运的，有幸同聚于二中港城中学，在二中教育集团"优秀＋特长"理念和"多一个舞台、多一种人才"的育人环境下成长；在我校"乐学善导，合作探究"理念下的"精致课堂"中学习，我们拥有比普通学校更加多彩有趣的校园生活和快乐活泼的课堂，每一个人都可能"成为最优秀的自己"。在各类学生社团，以及团队组织开展的多种志愿者活动中，涌现了许多周、月、学期"文明之星""最美学生""学生标兵""优秀队员"等。你们就是社会的"明日之星"！你们将用自己的本领造福社会，实现自己的人生价值。

三是要锻炼强健的体魄，培养良好的心理素质。当代少年儿童不应做温室里的花朵，而要做敢于搏击风雨的雄鹰。要坚持体育锻炼，不断增强体质，以完成学习任务和承担未来繁重的工作。要养成乐观向上、知难而进、不怕挫折的心理素质，塑造勇于探索、富于想象、善于创造、团结协作的心理品格，以积极进取的精神状态迎接未来的挑战。

少先队员们，少年强则国强。今年适逢建党一百周年，我们这一代中国少年儿童既是实现第一个百年奋斗目标的经历者、见证者，更是二三十年后、中华人民共和国成立百年之际、实现第二个百年奋斗目标之时的建设社会主义现代化强国的生力军！希望广大少年儿童刻苦学习，坚定信念，磨炼坚强意志，练就强健体魄，为实现中华民族伟大复兴的"中国梦"时刻准备着。

同学们，你们是幸运的一代，更是肩负重任的一代。让我们共同珍惜这美好的时光，扣好人生第一粒扣子，心怀感恩，完善自我，努力成为对国家、对人民、对社会有用的人。

最后，祝全体老师身体健康，工作顺利！祝全体学生学习进步，茁壮成长！

诗赠少先队员

地生中考数周后，全体队员精气抖。
注重双基强信心，提升效率显身手。
畅游学海苦甘尝，翻越高峰毅力有。
美好前程奋斗求，雄鹰展翅飞霄九。

精彩人生源自信，攻坚数月拔头筹

——在初三年级备考大会上的讲话

毕业班的老师、同学们：

初秋时节，天高气爽。我们二中港城中学隆重召开初三年级备考大会，我代表学校向奋战在初三年级的全体老师表示衷心的感谢和崇高的敬意！向顽强拼搏、刻苦努力、奋发向上的同学们，表示亲切的问候和美好的祝愿！

转眼间，我们到了初三！初三！毕业班！中考！这字字千钧啊！同学们，中考是影响人生发展重要且关键的一次考试！它关乎你们今后的走向，甚至是前途命运，要明白中考竞争是异常激烈的，首先是市区优质初中毕业生增多，优质学位却不多，其次是考试的内容有所调整，更加注重综合能力和传统文化的融合……这些给我们的应考能力带来新的考验。

同学们："九年磨剑、六月试锋"，置身于升学竞争的洪流，我们实际上已身不由己，升学压力在逼迫着我们，我们别无选择，只能破釜沉舟，背水一战，哪怕困难再大，也吓不倒我们，因为我们是二中人，二中港城中学备考经验足、氛围好，我们一定能在这场激烈的竞争中展现优势！

在此，我送给大家四句话，为大家鼓劲加油。

第一，要有必胜的信念。要相信自己的能力，因为我们是全面发展的二中港城人，也要相信自己的潜力，只要付出努力，一定能再进一步。

第二，坚持就是胜利。行百里者半九十，意思是走一百里路，走了九十里才算是一半。干事情越接近完成时越艰难、越关键，做事愈接近成功愈要认真对待。为山九仞，功亏一篑，意思是堆九仞高的山，只缺一筐土而不能完成。现在，不仅仅是在座的同学们觉得辛苦，觉得疲惫，全市 10 万多兄弟学校的同学也是一样的。最后的 280 天，谁能坚持到最后，谁就能笑到最后！

第三，努力才有回报。常言道：一分耕耘，一分收获。有了刻骨铭心的努力和汗水，才能获得丰厚的回报，不劳而获的事情是不存在的。请相信：只要够努力，一切皆有可能；成功只属于有准备的人！

第四，方法灵活效果好。现在的考试注重知识的迁移应用，多数题源于实际，题目问得活，答案并不全在书中，我们一定要多练，平时要多思多问，发挥小组合作学习的优势，结合所学知识和原理去解答考题。

　　同学们，只有九个多月了，时间短，任务重，我们要以效率为先。进入毕业班后，对知识梳理十分重要！我们要在老师的指导下，脚踏实地，系统地梳理知识，强化训练。只有这样，才能做到胸有成竹，应战自如。

　　同学们，明天的辉煌是以今天的汗水与艰辛为代价的。置身于竞争的洪流之中，面对考场这个战场，除了奋勇拼搏外，我们别无选择。我们不能辜负父母的期盼，不能辜负老师的厚望，更重要的是，不能辜负自己的青春和大好前程！

　　在此，我赋诗一首送给同学们：

下 编

备考动员会

寒窗九载苦来修，今日师生立大猷。
实现高标凭奋斗，提升效率戒心浮。
课堂明道专为径，题海畅游勤作舟。
精彩人生源自信，攻坚数月拔头筹。

　　最后，祝同学们中考取得优异成绩！我等着你们的捷报传来！

今日黌门，多半功归巾帼人
——在庆祝三八节集会上致辞

女同胞们：

今天，全校女教职工在这里隆重集会，纪念"三八"国际妇女节设立 111 周年。在此，我谨代表学校，向辛勤工作在学校各个岗位的妇女同胞致以节日的问候！向今天受到表彰的先进女同胞表示热烈的祝贺！

"三八"国际妇女节是全世界妇女共同的节日，是指引全世界妇女不断前进的一面光辉旗帜。在中国共产党领导的革命、建设和改革开放中，成千上万不同阶层的中国女性参与其中，奋勇抗争，不屈不挠，顽强拼搏，自强不息，真正发挥了"半边天"作用。在我们党的话语体系中，妇女从来不是与男性相对立的性别指代词，而是与男性并肩作战的战友。第一位女火车司机、第一位女飞行员、第一位女拖拉机手、中国第一位诺贝尔医学奖获得者……不管是农村还是城市，厂矿还是田野，科研教育还是文体卫生，中国女性从不缺席。尤其是，在这次抗击新冠肺炎疫情战役中，中国女性做出了太多贡献。"疫情上报第一人"张继先，最早判断、坚持上报，拉响新冠肺炎疫情警报；年过七旬的李兰娟院士，数度深入重症"红区"；王兵、梁小霞、夏思思等医护人员牺牲在抗疫一线……数据显示，在全国驰援湖北的医务人员中，女性有 2.8 万人，约占三分之二，除此之外，还有大量的女性忙碌在抗击疫情的大后方。在社会进步的各个领域，中国妇女已经并且还将继续创造无比辉煌、令人骄傲的业绩。

在我们二中港城中学，女老师更是学校的主力军，人数上，300 多名员工中女性超过 200 人，特别是在班主任等这类为学校发展做出重要贡献的岗位上，女性更是超过三分之二，感谢你们！作为教师，你们披星戴月，课堂上能舞教鞭，可飒可酷；厨房里能挥锅铲，可盐可甜，即使有时因压力大，爱唠叨，但坚韧和乐观让你们浑身散发出光芒；工作中发光发热，对学生倾尽温柔，在平凡的岁月中开出花来，以善良和担当诠释了港城女性的面貌！

我相信，我校广大女教职工一定能站在时代的前列迎接各种挑战，在各自的岗位上推动魅力港城建设，在新一轮发展中展现巾帼风采！在此，我代表学校向全校广大女教职工提两点希望：一是希望广大妇女心系大局、奋发作为，扎实做好本职工作，出色完成岗位任务，创造更加优异的成绩，为港城发展增光添彩；二是希望女同事们进一步融入教育教学改革活动中，争做习近平总书记提出的有理想信念、有道德情操、有扎实学识、有仁爱之心的"四有好老师"。

最后，在这个属于广大女性的节日里，我向每一位乘风破浪、勇往直前的巾帼战士致敬！祝每一位女神节日快乐！填词一首向全体女老师致敬！

减字木兰花·致敬女同事

春耕赶早，港二校园忙备考。师者情真，三尺平台甘守贫。
桃红李熟，当是园丁心血育。光耀黉门，多半功归巾帼人。

宝剑锋从磨砺出，梅花香自苦寒来

——2021高一新生综合社会实践活动总结大会的讲话

尊敬的各位领导、全体教官，亲爱的老师、同学们：

大家上午好！2021级高一新生综合社会实践活动即将落下帷幕，同学们进入中学生活的重要一课即将圆满结束！在此，我代表学校向参加新生综合社会实践活动的全体同学表示真诚的祝贺！向几天来精心组织活动的领导特别是付出辛勤汗水的全体教官们表示崇高的敬意！向各位不辞辛劳的班主任老师们和参与组织服务的工作人员表示衷心的感谢！

为期四天的新生综合社会实践活动，既是军训，更是一次纪律教育和集体教育！这次活动得到湛江国防教育雏鹰实践基地领导的高度重视和支持，在任务特别繁重的情况下，依然安排一批优秀的军人为我们开展专场训练活动。

在综合实践营地里，我们听到了你们嘹亮的歌声、铿锵的口号声，在日出日落中此起彼伏；我们看到了你们矫健的步伐、整齐的队列，在炎炎烈日中不紊不乱；我们感受到了你们饱满的热情在实践营地里铺张渲染……同学们，这些都是你们亲身书写的精彩人生，也是你们在高中生活里完成的第一份答卷！在这里，我看到同学们一个个都变黑了，但是请你们记住：这是成长的印记，也是你们一步步走向成功所必须经历的一次蜕变！祝贺同学们在与教官、班主任的共同努力下，达到了预期目的，取得了理想成效！

同学们，综合实践一阵子，受益一辈子！这次集中的综合社会实践活动已结束，但留给我们的是永远的回忆。在以后紧张的学习生活中，我希望同学们以这次综合社会实践活动为起点，做到以下三点：

第一，把在综合训练营生活中养成的作风保持下去，带到我们今后的学习和生活中，对照我们二中港城的"精致教育"理念和要求，高标准，严要求，努力拼搏，奋发进取，做一个对得起父母的、具有担当精神的人。

第二，以综合社会实践活动中体验到的集体团队协作意识和百折不挠的精神，对照我们"精致德育"的要求，进一步规范自己的言行，建设和谐班级，共创和谐校园，做一个对得起集体、对得起老师，具有家国情怀的、负责任的、合格的二中港城人。

第三，珍惜这次综合社会实践活动经历，铭记所学到的技能和做人的道理，更好地迈入人生最关键最重要阶段——高中。在三年的学习过程中，珍惜青春，展现自我，做一个跟得上新时代发展步伐、具有创新能力、有理想、有作为的时代新人。

宝剑锋从磨砺出，梅花香自苦寒来！同学们，我相信，这次活动让你们认识到自己原来可以这么刻苦，可以这么优秀，可以将很多的不可能变成可能！只要付出努力，终能达成梦想！这就是你们的一次蜕变！请大家把掌声献给自己！

本次综合社会实践活动的圆满成功还得益于全体教官、全体班主任老师和所有工作人员的辛勤努力。如果说同学们是红花，那他们就是绿叶，请同学们用热烈的掌声来感谢你们教官和老师们的无私付出！

最后，祝全体教官心想事成，万事如意！祝全体老师工作愉快，生活幸福！祝全体同学学业有成，健康成长！祝大家的人生充满阳光，满载正能量！

下编

港城学子精神抖，不负韶华素养修

——在 2021—2022 学年度第一学期开学典礼上的讲话

各位家长代表、各位同事、同学们：

大家好！今天，天高气爽，新的学年开学了，我们二中港城中学又迎来了 1 500 多名新同学和 16 位新老师，现在，我们新旧师生 4 300 多人在一起隆重举行开学典礼。在此，我先预祝各位新同事、新同学在二中港城中学生活愉快、工作顺利、学习进步！

老师们、同学们，我们刚刚一起度过了一个愉快而又充满期待的暑假，因为国内外新冠肺炎疫情，我们减少了出游，同学们有了更多时间与父母家人相处，并参与了有意义的假期亲子活动。我相信，大家的暑假都有许多收获，都已经为进入新的学年、迎接新的起点、争取新的进步做足了准备！

我们为能成为今天的二中人而感到自豪！我们的总校湛江二中是第一批国家级示范性高中，它以湛江市最大最优美的校园、最现代化和信息化的办学条件、最雄厚的师资力量、最先进的教育理念及最稳定和优异的高考中考成绩，赢得了很高的美誉和社会影响，成了我市教育系统在素质教育中拿得出手的一张对外交流的名片！

二中总校今年高考取得了历史性的好成绩，今年是新高考的第一年，因题目比去年更灵活，全省 600 分以上人数比去年增加不多，而二中却增加了 90%，高达 126 人，着实令人鼓舞！

现在，我们二中港城中学已成为二中总校最主要的优质生源基地！今年我们港城在中、高考中再创历史性辉煌：中考考过省一级学校录取线的占近 90%，最高分 881 分，其中霞山片区前 10 名我校占了 8 人；201 人获单科满分，位列全市前茅，霞山片区第一；850 分以上 15 人，800 分以上 136 人，占了霞山片区一大半，各高分层人数比例位列湛江市前茅。考上二中等市属重点高中人数高达 250 多人，其中，超过 150 人考取二中总校实验班或重点班。高考中有 65 人考取本科大学，上线目标达成率连续五年超过 100%，排在全市前列，真正实现了低进高出！

更令我们二中港城人感到骄傲的是，总校近年高考前十名的尖子生中，初中毕业于我们港城中学的超过一半；目前在总校各年级的特尖班"上善班"里，来自我们港城二中的学生均超过了一半，我们港城中学已经确确实实成为二中总校的尖子生生源基地！相信在座的广大同学也能通过在二中港城中学的学习，不断成长和进步，像他们一样在未来的中考和高考中实现自己的人生梦想！

　　近年来，我们学校的创新教育、师生各类能力竞赛成绩卓著。我们学校几乎包揽了霞山片区一、二等奖和全市超过一半的高质量奖项，获奖率名列全市第一，不胜枚举！如10多天前，蔡文念老师就在全市班主任能力大赛中荣获第一名！

　　同学们，在过去的一年里，我们各年级组织了以班徽、班歌、班训及班级发展目标为主题的文化展演活动，组织了系列亲子活动；团委、学生会的22个社团开展了丰富多彩的活动，成功举办了第六届社团文化节和艺术节，组织了多种多样的活动，得到全社会的广泛称赞。许多同学的综合素养得到了提升，充分彰显了二中港城人的风采和魅力！

　　在新的学年里，学校还将继续以"举二中之力办港城，打造湛江市最好初中，全面扶持发展高中"为目标开展各项工作，在总校"上善若水二中人"理念的指导下，全面落实学校"乐学善教、合作探究"的教学导向和"修品行、善学习、强体魄、美志趣、有梦想、敢担当"的育人目标，办好各年级的"上善班"，更好地与二中总校对接，培养更多"优秀+特长"的德才兼备人才！

　　同学们，国家确立了"立德树人"的教育根本任务，明确了教育要对照新高考和新中考的要求。党中央国务院联合发文规定要摒弃对补习机构补课的依赖，让教育全面回归课堂，深化"精致教育"改革，锻炼和提升师生核心素养。

　　那么什么是学生发展的核心素养呢？"学生发展的核心素养"是指学生应具备的，能够适应终身发展和社会发展需要的品格和关键能力，是关于学生知识、技能、情感、态度、价值观等多方面要求的综合表现。

　　几年前，国家就确定了以培养"全面发展的人"为核心，将"文化基础""自主发展""社会参与"三个方面，划分为六大学生核心素养，即"人文底蕴""科学精神""学会学习""健康生活""责任担当"和"实践创新"等六大素养，每一个核心素养再细化为三个要点，共十八个基本要点。这十八个基本要点就是"人文积淀、人文情怀、审美情趣、理性思维、批判质疑、勇于探究、乐学善学、勤于反思、信息能力、珍爱生命、健全人格、自我管理、社会责任、国家认同、国际理解、劳动意识、问题解决和技术运用"。

每一个基本要点都十分重要，不可偏颇，这就叫作"全面发展"。比如"社会参与"方面就包含了"责任担当"和"实践创新"两大核心素养，而"责任担当"素养又划分为"社会责任""国家认同"和"国际理解"三个基本要点，其中"社会责任"的内涵就是"自尊自律，文明礼貌，诚信友善，宽和待人；孝亲敬长，有感恩之心；热心公益和志愿服务，敬业奉献，具有团队意识和互助精神；能主动作为，履职尽责，对自己和他人负责；能明辨是非，具有规则与法治意识，积极履行公民义务，理性行使公民权利；崇尚自由平等，能维护社会公平正义；热爱并尊重自然，具有绿色生活方式和可持续发展理念及行动等"。

我们所倡导的"尊师爱生"这一理念就是其中的组成部分。俗话说："亲其师，信其道。"尊敬老师其实是做人的底线。尊敬老师和孝敬父母一样，体现的是个人品行和感恩心态。不讲品行，不思感恩，社会就会陷入一片混乱。

老师们、同学们，请大家协力同心，用汗水和行动，用智慧和创新，为二中、为港城的荣誉榜增添光彩！让二中港城中学的品牌在我们的努力参与下，走向更加美好的明天！

最后我送老师们、同学们一首诗，并与大家共勉：

莫负韶华

港城学子精神抖，不负韶华素养修。

唯愿师生常互勉，人生最美育才优。

学史明志，青年永远跟党走

——在 2021 年"五四"青年节纪念活动暨表彰大会上的讲话

同学们，老师、党员同志们：

大家早上好！我们刚过完今年的五四青年节，1919 年也已经过去 102 年了，但五四精神一直在我们心中。102 年前，民国初期，在那时知识分子的认识中，中国学习了西方所谓的民主与制度，却未见强盛。陈独秀说，伦理觉悟才是我们最后的觉悟。1919 年 1 月 18 日，第一次世界大战获胜的 27 个协约国，在巴黎凡尔赛宫召开和平会议。中国作为战胜国之一，派出了陆征祥、顾维钧等 5 位代表参加会议。巴黎和会不顾中国提出的维护国家领土主权的三项提案，背信弃义，把德国在青岛及山东的特权，全部转让给日本。巴黎和会上中国外交失败的消息传到国内，激起各界人士的强烈义愤。1919 年 5 月 4 日，北京大学、北京高等师范以及工业、农业、医学、政法等十几所专科以上学校的 3 000 多名学生，高举"誓死力争，还我青岛"的血书，一起并肩站在了天安门前。在国家和民族生死存亡之时，一批爱国青年挺身而出，全国民众奋起抗争，誓言"国土不可断送、人民不可低头"，奏响了浩气长存的爱国主义壮歌，直接掀开了中国新民主主义革命的序幕！更大的觉醒，是少数知识分子举起火炬，把觉醒传给了普罗大众。经过五四运动洗礼，越来越多中国先进分子集合在马克思主义旗帜下，1921 年中国共产党正式宣告成立，当时 13 位代表的平均年龄只有 28 岁，正当青年！当时的他们满怀信心："共产主义、人类的解放者万岁！"中国历史掀开了崭新一页，历史把拯救国家、实现民族独立和人民解放的重任放到了刚刚诞生的中国共产党的肩上。在中国共产党领导下，无数新青年以壮美青春，投入开天辟地的伟业，历经三次反围剿、万里长征、抗日战争、解放战争、抗美援朝、改革开放，到今天实现全面小康，真正让社会主义新中国从站起来到富起来和强起来，中国共产党成了世界历史上最强大的党，并引领全国人民走向伟大复兴，让我们更加坚定了"四个自信"。

中国共产党自成立以来，就提出建立青年团作为党的预备学校，于 1922 年正式成立中国社会主义青年团，而后又于大革命时期成立劳动童子团，这两个组织沿革发展成今天的中国共青团（共青团）、中国少年先锋队（少先队）。共青团是"广大青年在实践中学习中国特色社会主义和共产主义的学校"，少先队要"引导少年儿童为共产主义事业时刻准备着"。广大青少年始终是中国共产党事业的传承者、接班人。无论过去、现在还是未来，中国共产党永远是中国青年运动的根本领导力量，党的创新理论永远是指引中国青年向上、向善、向前的光辉旗帜。

时代在变，环境在变。一代人有一代人的青春，一代人有一代人的担当。习近平总书记说："当代中国青年是与新时代同向同行、共同前进的一代，生逢盛世、肩负重任。"今天受到表彰的标兵、优秀团员、团干部和刚进行完宣誓的新团员们，正是勇担重任、奋勇向前的佼佼者！祝贺你们！

那么，作为生逢盛世、肩负重任的新时代青年，我们要如何努力才能不辱使命呢？我在此主要强调以下三点：

一是要树高远志向，立坚定信念。习近平总书记在全国少代会上强调"志向是人生的航标。一个人要做出一番成就，就要有自己的志向。一个人可以有很多志向，但人生最重要的志向应该同祖国和人民联系在一起，这是人们各种具体志向的底盘，也是人生的脊梁"。新世纪的新一代青年肩负着建设中国特色社会主义事业，富民强国，实现中华民族伟大复兴的历史使命。国家全面复兴路上有两个重要节点，一个是2030—2035年，另一个是2045—2050年，这正是你们大展宏图之时。

二是要学业优秀，发展特长。作为学生，现阶段首要任务是搞好学习，搞好学习的关键是掌握学习方法。同学们，你们是幸运的，有幸同聚于二中港城，在二中教育集团"优秀＋特长"理念下，在"多一个舞台、多一种人才"的育人环境下成长；在我校"乐学善导，合作探究"理念下的"精致课堂"中学习，我们拥有比普通学校更加多彩的校园生活和快乐活泼的课堂，每一个人都可能"成为最优秀的自己"，今天的表彰就是要树立各类标杆。同学们，你们将是社会的"明日之星"！你们将用自己的本领造福社会，实现自己的人生价值。

三是要对照"修品行、善学习、强体魄、美志趣、树理想、敢担当"的育人目标，全面发展，提升素养。当代少年儿童不应做温室里的花朵，而要做敢于搏击风雨的雄鹰。要养成乐观向上、知难而进、不怕挫折的心理素质，塑造勇于探索、富于想象、善于创造、团结协作的心理品格，以积极进取的精神状态迎接未来的挑战。

最后，我借用习近平总书记对青年人的寄语，与在场同学和老师共勉。习近平总书记说："广大青年要肩负历史使命，坚定前进信心，立大志、明大德、成大才、担大任，努力成为堪当民族复兴重任的时代新人，让青春在为祖国、为民族、为人民、为人类的不懈奋斗中绽放绚丽之花。"

最后，填词一首送给同学们：

如梦令·少年风尚

时代少年风尚，品学才情清爽。

博古更通今，责任担当坚强。

跟上，跟上，后浪赶推前浪。

奋力冲刺一百天，迎接人生关键考

——在 2021 届二中港城中学中考百日冲刺誓师大会上的讲话

各位初三年级的家长、老师、同学们：

今天，我们 2021 届初三年级隆重召开中考百日冲刺誓师大会。从刚才老师、同学代表的发言中我们看到，湛江二中港城中学初三级全体师生已经准备好了。奋力冲刺一百天，迎接人生关键考！

近年来，我们二中港城中学已成为二中乃至整个霞山片区中考的主战场，我们已连续 10 年成为湛江市学业水平考试（中考）先进单位，具有丰富的备考经验。从刚才老师、同学和家长的发言中，我很欣喜地看到，我们 2021 届初三毕业班家长、老师和同学都在积极备战，目标明确、信心坚定，我们的备考工作扎实有效，现在初三年级的备考氛围很好，今年中考一定能取得新的突破！

我看到，在今年初三年级这个集体里，一大批优秀学子好学上进、勤于思考、勇于攀登，大家众志成城，相互鼓励，共同进步，"少年强则国强"。你们正身处我们国家实现强国梦的时代，一定要强大起来，为新时代发展做出应有的贡献，千万莫沦为落伍者，正所谓"少年当自强"。我看到，在这个集体里，在改变同学们命运的关键时刻，老师们爱岗敬业、以校为家、无私奉献，以更饱满的热情、更真挚的情感精心备课，科学讲解，细心批改，耐心辅导，体现的是"甘将心血化时雨，润出桃花一片红"。我相信，2021 届的港城学子一定能在百日后的中考考场上取得优异的成绩！学校将为你们的进步而自豪！

作为校长，也身为一名有二十几年备考经验的老师，我在这里向同学们强调四个关键词：

一是信心，要有坚定信念，"我必成功，舍我其谁"，牢固树立"只要努力，我能成功，我必成功"的信心。有了这种信心，才会有一颗永远不被征服的大心脏，才会在决战的关键时段，始终保持旺盛的精力和坚实的前进步伐。同学们，信念是能创造奇迹的！

二是刻苦，要有刻苦自强的精神，要"依靠自己，战胜自己，超越自己，成就自己"。要勤学、善思、多问，认真查漏补缺，夯实基础。同学们，请你们严格自律，努力战胜自己的惰性及其他各种不良习性，排除影响学习、分散精力的各种杂念和干扰，全身心投入。执着追求，勇攀高峰！

三是效率，要有科学高效的学习方法，做到"投入专注，心无旁骛，一日胜十天"。摒弃一切诱惑，过简单的三点一线生活，"宿舍—教室—饭堂"，分秒必争，与强者竞争，向自我开战。同学们，这一百天如能科学安排，追求最大效益，其收获和提高可能超过三年的总和！

四是心态，要有平稳的心态，做到"每临大事先冷静"。对待考试，要有紧迫感和竞争意识，但在心理上要沉着冷静，以一颗平常心正确对待，将平时的测试当作中考考试，将中考视作平时测试，举重若轻，以良好的心态充分发挥出自己最好的水平。

同学们，现在大家已经看到了你们坚定和执着的目光，感受到了你们奔腾的热血。我相信，百日奋战后的考场上，你们一定会以出色的成绩做到让父母放心，让老师满意，让学校骄傲！

我赋诗一首，与大家共勉：

百日冲刺
冲刺誓师凭自信，港城学子赶星辰。
心无旁骛求高效，六月争锋作凤麟。

最后，祝大家梦想成真！祝每一位同学都能考上心目中理想的高中！

每一次培训，都是一次提升

——新一轮"三名"工作室主持人研修培训体会

辛丑年金秋，天高气爽，湛江市新一轮"三名"工作室主持人开启研修培训。

本次培训项目由湛江市教育局、湛江市教师发展中心主办，由岭南师范学院广东省级中小学教师发展中心、岭南师范学院教师教育学院承办。为期七天（2021年10月20日—10月26日），主题为"2021年湛江市'三名'工作室主持人能力提升培训项目"。

第一天即10月21日上午在岭南师范学院音乐厅举行了盛大的"三名"工作室主持人授牌仪式，仪式由湛江市教师发展中心主任王淑丽主持，广东省教育厅继教中心副主任杨澎、湛江市教育局党委副书记苏盛、岭南师范学院教师教育学院副院长王林发等省、市、高校领导、专家出席授牌仪式，分别作了指导讲话、主旨讲话和实操性讲座。

新一轮共175位"三名"工作室主持人分七批次从领导手中接过了沉甸甸的牌匾。授牌后，工作室主持人孙跃东、林文智、钟佩银3位老师分别代表名教师、名校长、名班主任作了发言。

当从苏盛副书记手中接过牌匾时，我感觉这既是一种光荣，更是一种责任，既是领导的肯定，更寄托着领导的期盼。特别是听了副书记的主题讲话后更是觉得使命在肩，必须砥砺前行。我记住了苏盛副书记的三个"要求"："明责笃行""创建特色"和"示范引领"。我还记住了苏盛副书记的一句话：期待"三名"工作室能够真正成为我们湛江市教师队伍建设的一个品牌，创造出更加优良的业绩，服务于我们教育的高质量发展。为表示作为主持人的不忘初心、勇于担当，我特填词一阕以明志：

140

鹧鸪天·"三名"工作室授牌有感

书记授牌责在肩，"三名"使命育才贤。同研共进先弘德，示范传承贵笃专。

宏图定，鼓声喧。扬帆竞渡奋争先。宜将心血培梁栋，莫让韶光化紫烟。

　　正如主持人同行所说"王林发教授的讲座如同电影大片上映，PPT 制作极具视觉冲击力"。王教授借用唐僧师徒五人（含小白龙）历经九九八十一难，到达西天取得真经的故事让我明白一个道理：一个团队的成功，离不开目标、信仰与合作。我作为湛江市首届名校长工作室主持人，连续两届授牌立室，有了展示才华的平台，其间以"精致教育"作为学校发展特色，确立了我校"精致教育"理念，界定了"精致教育"的五个维度：一是以实施"精致课堂"为核心内容的"精致教学"，二是以"家校合作"为主要抓手的"精致德育"，三是以"问题研究"为主要导向的"精致教研"，四是以"责任担当"为主要内涵的"精致管理"，五是以"社团活动"为主要形式的"精致社团"。通过围绕湛江市基础教育重点课题"核心素养下'精致教育'实践研究"开展系列子课题（包括省级课题 3 项、市级课题 20 多项）的研究，一大批骨干教师快速成长起来，学校形成了"人人学精致、人人谈精致、人人参与精致、人人实践精致、人人研究精致"的良好局面，师生的精气神发生了巨大的变化，擦亮了学校"精致教育"品牌。

　　教育需要传承，成长需要帮扶。我们还要根据自身学校的实际，基于核心素养，以"精致教育"的实践进一步推动教师队伍建设，打造"名师工程"。这次新一轮的"三名"工作室，我校又有省、市"三名"工作室 10 个（含 2 个挂靠我校的教育局教研员的省、市名教师工作室），我希望各工作室理当主动融入时代洪流，乘风起航，继续在有效德育、高效课堂教学改革、学校管理、文化建设、教师专业成长、教育教学质量提高、学生核心素养提升等多方面，为"精致教育"的探索与实践取得更为显著的成效贡献一份力。

　　授牌后，我们"三名"工作室主持人到达廉江市进行了为期五天的集中研修。国家开放大学北京分部教授、博士李本友为我们开讲《成为智慧教师》。李教授学养深厚，抓住本质，厘清"智""慧"内涵，指出教育智慧体现教育的一种品质、情怀和境界，高品质、高境界的教育必定是包含智慧和富有智慧的；岭南师范学院党委组织部部长邓逢光的讲座如诗般优美，与学员倾情分享了他的《习近平关于教育的重要论述与大国良师》的最新研究成果。

其间我作为第五研修组组长组织同行进行了小组研修活动。我特赋诗一首以记：

新一批"三名"工作室主持人开班研修有感
深度研修培素养，专家指导拨迷茫。
交流互鉴理思路，教育春天写大章。

此后，广东省名校长工作室主持人、特级教师、茂名市博雅中学校长郑明祥进行了精彩讲座《从"名"师到"明"师——名师、名校长工作室的建设路径》。郑校长以麦田者的视角，讲述成长的故事与工作室建设的操作，每一个活动都有成套的材料呈现，直观形象，路径清晰。我校副校长、广东省语文名师工作室主持人田飞虎的讲座《建构至善文化，打造名师品牌——谈工作室的特色建设和成果提炼》为全体学员们提供了极其鲜活的工作室主持人的工作范例。

培训的最后一天，我们参观了廉江中学。张旭校长带领我们赏"廉中八景"：百年史馆、仁德广场、廉中赋石、钟楼劝学、诗韵长廊、玉兰公园、名人广场和三台观月，领略了廉江中学的独特人文特色。1919 年创办的廉江中学，沧桑百年，似乎每一个角落都述说着其悠久的历史故事。廉江中学以办高品质学校、育高素质人才为办学目标，以"仁德为本，传承创新，多元发展"为办学理念。张旭校长结合学校的办学特色和《名在特色，功在行动》的专题讲座向我们展示了工作室的发展与日常运作。张校长的教育感言让学员们都为之动容：以教育的情怀办有情怀的教育，以教育情成就教育梦。要做到"不让一个孩子掉队，不准一颗心灵污染"的确不容易。我特赋诗一首以志：

访廉江中学有感
"三名"研训赴廉中，凝练破题求解蒙。
仁德育人添特色，专家点拨豁然通。

为期七天的培训，历经了七场专家的讲座，非常感谢湛江市教育局、湛江市教师发展中心、岭南师范学院的精心策划与细心安排。专家们的经验分享让学员们收获满载！作为参加过多次研修活动的我，也深深体会到："每一次培训，都是一次提升。"这也是我代表第五研修组于 10 月 26 日下午在总结大会上发言所说的第一句话。我还提出了四个体会（四个坚持）：一是坚持"中心搭台，我们要对标主题，倍加珍惜平台"；二是坚持"主持唱戏，我们要活动育人，用心经营舞台"；三是坚持"提升引领，我们要成长发展，精心组织搭台"；四是坚持"成果第一，我们要总结凝练，做好示范引领"。

最后，作为新一轮名校长工作室主持人，我赋诗一首以言志：

"三名"工作室主持人培训学习感悟
十月金秋风气朗，"三名"集训荟群芳。
对标为党育梁栋，着眼未来培隽良。
深度交流生智慧，专家指导去迷茫。
初心使命须牢记，教育春天谱大章。

育苗精致花开艳，为党培才责在肩

——在"三名"工作室揭牌仪式上致辞

各位领导、来宾，各工作室主持人，全体成员和学员们：

金秋季节，丹桂飘香，在这个天高气爽的日子里，我们湛江二中港城中学，群英荟萃，星光闪闪，一起见证设在我校的十个省、市"三名"工作室和一个省百千万人才工程初中文科名师工作室的揭牌仪式。在此，我代表全校师生和学校各工作室，向尊敬的各位领导、专家和同人表示衷心的感谢！

"三名"工作室是以一线的名校长、名教师、名班主任的教育教学实践为基础，以先进的教育思想为指导，旨在搭建能促进区域内教师队伍建设和专业成长的平台，是提升区域内教师队伍整体素质和育人能力的重要途径。

不久前的 2021 年 10 月 21 日，当从苏副书记等领导手中接过牌匾时，我们感觉这既是一种光荣，更是一种责任；既是领导的肯定，更寄托着领导的期盼。特别是听了苏副书记的主题讲话后，更是觉得使命在肩，必须砥砺前行。

我记住了苏副书记在授牌仪式上讲到的三个"要求"："明责笃行""创建特色"和"示范引领"。我还记住了苏副书记的一句话：期待"三名"工作室能够真正成为我们湛江市教师队伍建设的一个品牌，创造出更加优良的业绩，服务于我们教育的高质量发展。

我校虽是一所办学只有十多年的新学校，但传承了百年老校——湛江二中的文化精髓。二中老校训是"尊师重道、因材施教"，而今天二中的校训是"爱国敬业、求实创新"，这更要求我们要结合实际，创新发展，努力探索新时代五育并举的教育教学发展之路。

近年来，二中港城中学根据学校的实际，坚持以"修品行、善学习、强体魄、美志趣、树理想、敢担当"为学生的发展目标，以"追求精致、臻于至善"为宗旨，以"乐学善教、合作探究"为导向，提出并践行基于核心素养的"精致教育"。

"精致"，从字面上理解是"精到极致"的意思，着眼于细处的目标之精确合理、内容之精准有效和方法之精巧高效。我们推行的"精致教育"，就是围绕"立德树人"这一根本任务，以"为党育人、为国育才"作为教育者的初心使命，对照发展学生核心素养的要求，高质量培养"全面发展"的人。

"精致教育"立足于新时代，聚焦于高品质，着力于师生成长，探索和构建符合学校实际的全面育人体系。"精致教育"从五个维度推进：一是探索以"精致课堂"为核心的"精致教学"，二是构建以"三项六阶"为抓手的"精致德育"，三是打造"社团活动"等多种形式的"精致社团"，四是开展以"问题研究"为导向的"精致教研"，五是实施凸显"责任担当"主体意识的"精致管理"。

近三年，在"精致教育"的实践中，我校已产生了一批教育教学成果。如德育方面的"三项六阶层进：家校互动教育之亲子教育的实践教育案例"入选广东省"家庭教育指导品牌项目"，学校也被教育部评为首批"全国家庭教育创新实践基地"；教学改革方面的省级课题"'三环五步'精致课堂教学模式研究"获评湛江市基础教育教学成果奖一等奖；社团文化方面，"本土文化特色——版画和版画藏书票特色发展项目"获评广东省特色教育成果奖二等奖，学校获评"广东省版画特色学校"（全省唯一）；此外，学校还获评为广东省首批优秀传统文化传承学校、广东省艺术特色学校、湛江市德育示范学校、湛江市学科教研基地学校。刚刚传来的喜讯，我校获评为新一批的"全国中小学优秀传统文化传承学校"。

在这里，我代表学校表态，在各级主管部门的大力支持下，在各位领导和专家的悉心指导下，我们将充分发挥二中教育集团的优势，结合港城中学的发展特色，汇聚区域内管理人才和其他资源，尽最大能力支持各工作室的工作，发挥好新一轮省、市"三名"工作室的辐射作用，带动和促进区域内教师队伍的专业成长！

最后，我赋诗一首，以抒发情怀，并与同人共勉：

"精致教育"情怀

育苗精致花开艳，为党培才责在肩。

"三项六阶"扬美德，"三环五步"显能贤。

春风化雨情怀健，学业求精素养全。

使命初心当谨记，复兴路上绘鸿篇！

莫由韶景空飞度，精彩人生握手中

——在港城中学 2021 届初中毕业典礼上的讲话

各位家长代表，2021 届初三毕业班的老师、同学们：

大家早上好！昨天，我们带着自信和激动的心情走出了 2021 年的中考考场！今天，我们在这里隆重举行毕业典礼，共同庆祝我们同学圆满完成法定的义务教育，这是一个光荣的时刻，也是一个庄严和充满希望的时刻，我代表学校对你们表示热烈的祝贺，表达美好的祝愿，真诚祝愿同学们中考取得骄人的佳绩，考上理想的学校，同时对你们的恩师真诚地道一声："你们辛苦了！"

老师们、同学们，在三年的学习生活中，你们作为湛江二中港城中学的一分子，全面践行"精致教育"理念，为学校的发展和进步做出了努力和贡献，为学校争了许多荣誉，学校感到十分满意！

三年前，充满童真和稚气的你们选择了二中港城中学，开始了你们人生中最关键时期的学习、生活；三年来，你们用辛勤的汗水播种理想、浇灌希望，取得了可喜的成绩；你们与老师们一起谱写了学校发展的精彩篇章，见证和推动了学校的快速发展，更建立了与老师和同学割舍不断的深厚情缘。回首在校园学习、生活的一千多个日日夜夜，老师们兢兢业业为你们传道、授业、解惑，给予你们的不仅是学业的提升，还有优秀的品质、高尚的情操、强大的意志和健康的体魄。你们由不太懂事的孩童，成长为翩翩少年，开始步入如梦的青春年华，书写如诗的青春乐章……

三年来，师生们一起朝夕相处。直到今天，你们人生最值得珍惜的日子——初中毕业了！毕业，不仅标志着你们三年初中学习、生活的结束，还标志着你们已成为合格的初中毕业生（古代可称为秀才），值得庆贺！你们的身体长高了，知识丰富了，友情增多了，品德提高了！看见同学们在学校里健康快乐地成长，我和老师们都感到十分欣慰！

真的，你们是幸运的，因为三年前你们选择了一所拥有全面发展理念的学校，有幸在二中"优秀＋特长"的理念下发展了各种素养，在二中港城中学"精致课堂"中学会了合作学习，提升了团队意识；你们是幸福的，因为你们三年来收获了真挚的同学情谊，结下了深厚的师生情谊。相信若干年后，大家聚首母校时，一定会发现，大家在中学里从相识相知到互助互信的师生缘、同学情，不会被时间冲淡，而是越久越值得珍惜！

同学们，今天你们光荣毕业了，毕业后，你们不管是考取二中总校继续深造，又或是到别的学校继续学习。请你们记住，你是二中人，你是二中港城人，我们永远是校友。我希望你们能把我们二中和港城的精神与风貌传扬出去，并取得新的成绩，为母校争光！今天你以二中港城为光荣，明天二中港城以你为骄傲！无论未来你身处何方，身居何位，母校永远是你们坚实的后盾，母校和老师将一如既往地关注你们的进步，为你们的成功喝彩！欢迎你们"常回家看看"！

最后，我填词一首《启新程·初三毕业致辞》，与2021届的老师和同学们互勉：

启新程·初三毕业礼致辞

三载同窗情义浓，港城学子炼真功。今朝毕业新程启，他日成才素养隆。

伤离别，盼重逢。鲲鹏之志驭长风。莫由韶景空飞度，精彩人生握手中。

珍惜真挚缘分、永葆二中情怀

——在二中港城中学 2021 届高中毕业典礼上的讲话

各位 2021 届高三毕业班的老师、同学们：

再过几天，我们即将走进 2021 年的高考考场！今天，我们在这里隆重举行毕业典礼，见证你们高中学段的结束和新征程的开始，这是一个光荣的时刻，也是一个庄严和充满希望的时刻。

首先，我祝贺同学们顺利地完成了高中三年的学习任务！在三年的学习生活中，作为湛江二中港城中学的一分子，你们为学校的发展和进步做出了努力和贡献，为学校争了不少光荣。

在走进考场前，我送给老师、同学们两句话：自知与自信，沉着与冷静。

"自知"是既要正确定位自己，也要相信自己，相信三年的付出一定有回报。人们都说"汗水不会骗人"，自己认同自己，那就是自信。自信是成功的一半，我期待你们用自信的气概，挥舞你们不同凡响的妙笔；用沉稳的心态，激发你们超乎寻常的斗志，在高考中发挥出超越平日的成绩，考出水平，考上心目中理想的大学！

刚才提到离高考还有几天，在这里我提一个不需要大家回答的问题："同学们，你们准备好了吗？"我为什么不需要大家回答？在我看来，别说几天，就是再给多一年、两年，你敢说你准备好了吗？我们的备考永远在路上，永远在准备的路上，如果你今天发现自己还有哪些不明白的地方，这是正常的，因此，不要钻太深太难的题了，关键是熟记老师对照考纲梳理出来的知识要点，对做各类模拟题时出现错漏的知识加深理解。现在，我们要做的是放平心态，保持冷静与淡定，吃得清淡，睡得准时，心无杂念。相信只要放平心态，保证每天复习，一定能发挥出最佳水平！

老师、同学们，三年来，我和大家一起朝夕相处。作为校长，看着同学们在学校里由一个个少年，平安、健康、愉快地成长为日渐成熟的青年，我和老师们都感到很欣慰！

在即将毕业离开学校之际，我还要送给同学们两句话：珍惜缘分，保持二中情怀。

有相聚自然就有离别，这就是人生。相聚是缘，离别也不会带走缘分，因为我们已经相识、相知了，并在脑海中形成一个稳定的记忆。随着时间的推移，你会感到更温馨、温暖。即使其间同学间或师生间发生过误会和短暂的不愉快，那也只是同学们成长中的一种人生经历，它只会为我们的成长历程添加色彩，而不会影响大家真挚的同学情谊和师生情谊。相信若干年后，大家聚首母校时，一定会发现，大家在中学相识相知的这个缘分不会被时间冲淡，反而越久越值得珍惜！

同学们，今天你们光荣毕业了。毕业后，你们不管考取到哪一所学校继续深造，又或是进入社会走上了工作岗位。请你们记住，你们是二中人，你们是二中港城人，我们永远是校友！我希望你们能把二中人和港城人的精神与风貌传扬出去，在新的环境里取得新的成绩，为母校争光！

最后，我填了一首词送给2021届的老师和同学们：

下编

过龙门·毕业礼致辞

六月艳阳骄，云涌风调，高三学子奋争标。寒暑耕耘基础好，果硕今朝。

别后更相憀，缘起难凋，同窗故事胜歌谣。他日诚邀回聚首，情比天高。

弘扬冬奥中国风，我们一起向未来！

——2021—2022学年度第二学期开学典礼的讲话

老师、家长、同学们：

大家好！在这新春之际，我代表学校真诚祝福辛勤耕耘的老师们、默默付出的家长们，祝你们在新的一年里，身体健康，工作顺利，虎年吉祥！祝福广大二中港城的学子们，在新的一年里，学习进步，快乐成长，全面发展！特别要衷心祝愿初三、高三毕业班的同学们虎虎生威，专心备考，六月夺魁！

在过去的一年里，在二中总校的指导和广大家长的支持下，我们二中港城中学全体师生以"秉承二中上善若水理念，全面夯实精致教育体系"为目标，齐心协力，德、智、体、美、劳五育并举，取得了优异的成绩，擦亮了我们湛江二中港城中学"精致教育"的品牌！

今天我们又将踏上新的征程，开学第一课，作为校长，我讲话的主题是"弘扬冬奥中国风，我们一起向未来！"。

曾记否，2022年2月4日，正值虎年立春，第24届北京冬季奥林匹克运动会隆重开幕，开幕式精彩纷呈：有精美的、体现中国传统文化的二十四节气倒计时、倾泻而下的黄河之水、破冰而出的奥运五环……开幕式上一幕幕诗意与创意结合的场景惊艳了全世界。每一秒都尽显"中国式浪漫"，每个环节都让人拍案叫绝，每一帧画面都跃动着中国文化之美。比如北京冬奥的会徽以汉字"冬"为灵感，用书法表现起伏的赛道和冰雪运动员的矫健身姿；人人都爱的冬奥吉祥物"冰墩墩""雪容融"，分别以中国"国宝"大熊猫和中国灯笼为原型；冬奥会奖牌以中国古代同心圆玉璧的造型，表达"天地合，人心同"的中华文化内涵；国家跳台滑雪中心"雪如意"的设计灵感源自玉如意，首钢滑雪大跳台"雪飞天"也融入了敦煌飞天元素……

冬奥里的中国风，通过各国运动员的"朋友圈"传向世界，展现了五千年文明的深厚底蕴和无穷魅力。如果说2008年北京奥运会开幕式的辉煌盛典让世界看到了一个大国的崛起，那么2022年北京冬奥会开幕式的浪漫空灵则让世界看到了一个更自信和从容的中国。

北京冬奥会的口号"一起向未来",与"更快、更高、更强、更团结"的奥林匹克格言紧密结合,它包含了奥林匹克运动的价值观和愿景,同时表达了14多亿中国人民携手合作、相互支持、共创美好未来的热切愿望。

冬奥会为全世界的运动员提供了一个公平竞技的舞台。在这些运动员中,有的十年磨一剑,终于得偿所愿摘得桂冠;有的年少成名、屡屡夺冠,却没有在最辉煌的时候功成身退,而是选择"最后一舞";有的不断超越自我,力求开创先河;有的克服重重困难,只为参与其中……

惊心动魄的跳跃,灵动飘逸的旋转,冰场上的红衣少年舞姿翩翩……谷爱凌勇夺桂冠创造历史、高亭宇打破纪录赢在巅峰。在花样滑冰男单自由滑比赛中,中国选手金博洋创造了个人本赛季的最高得分,最终获得第九名。虽然没有拿到奖牌,但是金博洋勇于挑战自我的精神同样赢得了人们的尊敬。北京冬奥会开赛以来,冬奥健儿们给人们不断带来惊喜。冬奥会的舞台上,顶尖运动员之间的差别往往只在毫厘之间。为了超越对手,也为了突破自我,他们要长期在训练场上付出极为艰苦的努力。

赛场如同战场,瞬息万变,面临高度不确定性,一个极小的失误都可能导致完全不同的结果,实力强劲者与奖牌失之交臂的情况并不鲜见。从这个角度来说,只要站上了奥运会的舞台,就值得尊敬,只要尽了最大的努力去拼搏,就应获得掌声。

从走进奥运、经历奥运到主办奥运;从贫弱走向富强,从封闭转向开放,从追随潮流到引领时代……今天的中国,其体育发展、人文昌盛、经济腾飞、科技进步,已经深刻融入了当代世界,用奥林匹克的语言求同存异,在奥林匹克的舞台倡导共识。祖国日新月异的发展成就,更激发了广大中国人民的爱国热情。有幸的是,我们都是祖国走向强大的见证者和亲历者。更重要的是,我们也要成为贡献者。

记得去年的这个时候,我以"只有自我强大,才能争得选择权和话语权"为主题作开学典礼讲话,讲到过"爱国首先是爱己,强国的最好方式是强大每一个人。由国及家及每个人,只有强大自己才能争得选择权、话语权。国家如此,集体也是如此,个人更是如此!"这段话用在今天也管用。

当代少年儿童不应当温室里的花朵,而要做敢于搏击风雪的雄鹰。要坚持体育锻炼,不断增强体质,以完成学习任务和承担未来繁重的工作。要养成乐观向上、知难而进、不怕挫折的心理素质,塑造勇于探索、富于想象、善于创造、团结协作的心理品格,以积极进取的精神状态迎接未来的挑战。

今天,作为中学生的你们,正面向中考、高考的赛场,处在选择人生方向的关键时期，在这个时期如何做才是爱国呢？我想最好的方式就是要努力学习、全面发展，要锻炼强健的体魄、培养良好的心理素质。只有扎扎实实打好基础，练好本领，才能成就最好的自己，才能技压群雄，真正成为实现中华民族伟大复兴"中国梦"的建设者和接班人！

最后，我填词一首，让我们一起向未来：

鹧鸪天·北京冬奥风

寅虎开春喜气浓。北京冬奥涌东风。健儿云集追冰雪，新秀频仍逐梦中。破纪录，立殊功。赛场竞技奋争雄。江山代有才人出，振兴中华报国衷。